KB049920

사랑에는 마침표를
쓰지 않습니다

사랑에는 마침표를 쓰지 않습니다

초판 1쇄 인쇄일 2022년 8월 17일
초판 1쇄 발행일 2022년 8월 25일

지은이 김민소
펴낸이 양옥매
디자인 표지혜 송다희

펴낸곳 도서출판 책과나무
출판등록 제2012-000376
주소 서울특별시 마포구 방울내로 79 이노빌딩 302호
대표전화 02.372.1537 팩스 02.372.1538
이메일 booknamu2007@naver.com
홈페이지 www.booknamu.com
ISBN 979-11-6752-182-8 (03800)

사랑에는 마침표를 쓰지 않습니다

■ **김민소** · 지음 ■

책과나무

작가의 말

누군가 세상에서 가장 아름다운 단어를 말하라 하면 망설임 없이 '사랑'이라 말하게 된다. 또한 가장 간절한 단어나 슬픈 단어를 떠올려 봐도 '사랑'이다. 사랑은 아름답고 위대하다. 그러면서도 아프고 위태롭다. 사랑이 위대한 것은 자신의 목숨을 담보로 해도 아깝지 않은 마음이기 때문이다. 그런 사랑이 위태로운 것은 상대의 삶과 목숨도 앗아 갈 수 있기 때문이다.

사랑에는 수많은 감정이 녹아 있다. 기쁨과 아픔, 감사와 미움, 믿음과 불신, 용서와 분노, 쾌락과 고통 같은 양면적인 감정이 끊임없이 오르내린다. 왜 사랑은 여유롭고 순수한 마음만을 허용하지 않을까? 왜 사랑을 하면 할수록 허기지고 외로워지는 걸까?

종교적인 사랑이나 부모의 사랑이 아닌 이성 간의 사랑은 평형을 유지하기가 어렵다. 아니, 균형을 유지할 수가 없다. 더 많이 사랑하거나 덜 사랑하거나일 뿐이다. 때문에 더 많이 사랑하는 사람, 더 깊이 빠진 사람이 넘쳐흐르는 감정의 물기를 빼야 상대를 힘들지 않게 할 수 있다.

사랑에 빠지면 가슴속엔 두 개의 공간이 만들어진다. 하나는 나를 위한 공간이고 하나는 그(그녀)를 위한 공간이다. 그런데 사랑이 깊어지면서 나를 위한 공간을 방치하고 그를 위한 공간에만 머물려고 한다. 일상 소소한 것에서 느끼는 기쁨이나 행복감, 특별한 일의 성취에서 오는 보람까지도 그의 공간에서 느끼고 즐기려 한다.

아름다운 풍경과 마주할 때도 그렇고 맛있는 음식을 먹을 때도 마음이 울적할 때도 그를 위한 공간에 들어가 숨을 쉬고 소통을 한다. 아침에 눈을 뜨는 순간부터 그를 위한 공간의 창을 열어 놓고 음악을 틀고 커피를 내리고 꽃씨를 뿌리고 물을 준다. 소설을 썼다가 시를 쓰고 노래를 불렀다가 그림을 그리고 성을 쌓고 허문다. 그러는 동안에 나의 정원은 조금씩 이끼가 끼고 흉물스럽게 변하게 된다.

이제 내 기쁨과 슬픔, 삶의 보람과 성취는 그를 위한 공간에서 이루어진다. 이제 그가 없는 내 인생은 의미가 없어진다. 당당했던 내가 한없이 작아지고, 넉넉했던 내가 속 좁은 사람으로 바뀌고 있다. 그렇게 깊어진 사랑은 상대의 감정 변화와 말 한마디에도 불안해지고 상처를 키우게 된다. 사랑은 모든 것을 던지게 하지만 모든 것을 내어 준 사랑은 이별 앞에서 처참할 수밖에 없다. 때문에 사랑은 더 많이, 더 깊이 하는 사람이 늘 아프고 힘들다.

위대하게 느껴졌던 사랑이 위태롭게 바뀌는 것은 나를 위한 공간을 가꾸지 않고 그를 위한 공간에만 머물면서 시작된다. 나를 가꾸지 않는 사랑, 오로지 상대에게 모든 것을 던지는 사랑은 자신을 초라하게 만들고 상대를 지치게 할 뿐이다. 그리고 그 사랑은 꽃바람처럼 사라지고 만다.

아름다운 사랑은 결코 저절로 만들어지는 것이 아니다. 우연으로 만나 인연이 되었다 해도 운명으로 바뀌는 것은 서로의 끊임없는 조율이 있어야 가능하다. 쉼 없이 가꾸고 비우고 조율한다 해도 떠날 사람은 떠난다. 사랑이 떠나간 자리에도 추해지거나 쓰러지지 않고 내 스스로가 사랑으로 남으려면 나를 위한 공간을 함께 가꾸어야 한다.

완벽한 사랑은 없다. 영원한 사랑도 없다. 아름다운 이별도 없다. 다만 완벽한 사랑과 아름다운 이별을 위해 물처럼, 나무처럼 흘려보내고 받아들이는 마음의 조율이 필요할 뿐이다. 그리고 그 조율은 죽어서 인연이 끝나든 살아서 인연이 끝나든 계속되어야 한다.

2022년 8월

김민소

차례

___1부

사랑, 그 신비스런

___2부

사랑, 그 아리따운

3부

사랑, 그 가슴시린

4부

사랑, 그 따사로운

1부

사랑, 그 신비스런

별보다 꽃보다

별이 하늘에만
있는 것이 아니에요
당신이 웃을 때면
눈동자 속에서도 보이는 걸요

꽃이 흙에서만
피어나는 것이 아니에요
당신이 사랑할 때면
가슴속에서도 피어나는 걸요

지금 웃고 있는 당신
지금 사랑하는 당신

별보다 빛나고
꽃보다 아름다운 걸요

참 신기하다. 자연이 더 신비하게 느껴질 때면 마음속의 그 사람이 꼭 보이는 걸 보면 말이다. 먹고 자는 것부터 발길 가는 대로 온전한 자유를 위해 홀로 떠난 여행지에서 아름다운 풍경과 마주할 때면 어느새 옆에 있는 사람.

물고기는 물을 떠나서 살 수 없고, 나무와 꽃은 흙을 떠나서 살 수 없듯 사람은 사람을 떠나서 살 수 없나 보다. 우연한 인연에서 서서히 깊숙이 스며들게 되면 어디를 가든 그 사람과 함께하게 된다. 그 인연이 어떤 인연이든 우리는 자신만의 특별한 사람을 가슴에 품고 있다. 그 특별한 사람은 자연 속에서 보이다가, 꽉 막힌 공간에서는 그 사람 속에서 자연을 볼 수 있게 만든다.

자연 속에 사람을 심은 건지, 사람 속에 자연을 심은 건지 그것은 중요하지 않다. 생을 아름답게 가꾸고 싶은 간절한 염원의 꽃씨가 된 사람이니까 말이다. 나는 장엄한 자연이 주는 선물보다 특별한 사람이 주는 선물에서 더 살아 있고 존재한다는 느낌을 받게 된다.

바쁜 일상 속에서 잠시 커피 한 잔의 여유를 가질 때면 어김없이

몽올몽올 피어오르는 영상. 어느새 가슴속에서 달그락거리는 사람으로 인해 이제 장소는 중요하지 않다. 머문 곳이 폐가의 음산한 골목길이든 황량한 들판이든 저잣거리이든, 소설 속의 한 페이지이고 영화 속의 한 장면으로 그려진다.

"사람이 풍경이다."

"사람이 선물이다."

아름다운 사람은 풍경이 되기도 하고 선물이 되기도 한다. 맑은 영혼을 가진 사람의 눈동자 속에는 무수히 반짝이는 별이 들어 있고, 마음이 따뜻한 사람은 생각만 해도 라벤더 향기가 솔솔 난다. 그런 그대와 하늘 아래 함께하는 것만으로도 나의 삶은 축복이다.

사랑

보이지 않아도
보이는 너로 인해
내 눈빛은 살아 있고

들리지 않아도
들리는 너로 인해
내 귀는 깨어 있다

함께하지 않아도
느끼는 너로 인해
내 가슴은 타오르고

가질 수 없어도
들어와 버린 너로 인해
내 삶은 선물이어라

사랑은 하면 할수록 목마르다. 더 많이 사랑하는 사람이 늘 아프다. 참 아이러니한 일이 아닐 수 없다. 사랑을 하면 마음이 풍요롭고 따뜻해야 하는데, 허전하고 쓸쓸한 날이 많은 건 왜일까? 그것이 사랑이 내재하고 있는 양면의 속성일지도 모른다.

사랑은 그 안에 기쁨과 슬픔, 희망과 절망, 감사와 미움, 설렘과 쓸쓸함을 동시에 품고 있다. 사랑은 정량이나 적정선도 없다. 때문에 남녀 간의 사랑에 있어서는 상대의 마음을 읽고 잘 주고받는 기술과 집착과 허욕을 비우는 연습을 매 순간 해야 한다. 무엇보다 내가 주고 싶은 것과 상대가 받고 싶은 것, 내가 말하고 싶은 것과 상대가 듣고 싶은 것 사이의 조율이 필요하다.

악기가 잘 조율되지 않으면 음색이 바뀌듯 사랑도 조율이 안 되면 파열음이 생길 수밖에 없다. 확인과 집착에서 벗어나 자체만으로 감사할 수 있어야 사랑의 참모습을 유지할 수 있다. 그런 사랑은 시공을 초월해서 함께하게 된다. 옆에 없는데도 보이고 들을 수 없는데도 들린다.

그것이 뇌가 작동하는 방식이다. 뇌는 자주 생각하고 자주 떠올리는 사람을 현실로 착각하게 된다. 말하는 대로, 믿는 대로, 상상하는 대로 된다는 것은 뇌가 기억 창고에 저장하고 있다가 그때그때 행동하도록 지시를 내리기 때문이다.

사랑을 하게 되면, 아름다운 풍경을 볼 때면 함께 보내고 싶고 맛있는 음식을 마주하면 함께 먹고 싶고 상대의 일상 하나하나가 궁금해진다. 그러나 그런 관심도 지나치면 상대를 옥죄거나 집착으로 느껴질 수 있다. 때문에 문득문득 충동이 일더라도 내려놓고 비우는 기술을 길러야 한다.

존재의 소중함을 깨닫게 되면 볼 수 없어도 보이고 들을 수 없어도 들린다. 아무것도 가진 것이 없지만 다 가진 것처럼 느껴진다. 이제 그 사람은 숨이고 공기이다. 내가 더 멋진 모습으로 살고 싶은 이유이기도 하다. 나에게 사랑은 그런 것이다.

그는 그렇게

그는 그렇게
내 영혼을 깨우는 계절이다
이른 봄날, 홍매화로 피어나더니
절정의 여름엔 하늬바람이 되었다가
한 조각씩 마음으로 이식된다

그는 언제나
내 발길이 머무는 풍경이다
노을빛이 물든 산허리에 앉았다가
낯선 도시의 밤, 가로등 빛살이 되다가
새벽녘까지 몸에서 서식한다

그는 그렇게
내 생각을 키우는 숲길이다
웃자란 욕망을 다스리는 강물이 되다가
허기진 마음을 품는 나무가 되다가

자연과 살림을 차리게 만드는

존재로 빛과 그늘이 되고
기다림조차 황홀한 편지가 되었다가
하늘과 땅을 하나로 동여매고
삶과 죽음을 하나로 묶어 놓고
그는 나를 환생시킨다

우리의 삶을 간절하게 만드는 것은 무엇일까? 그리하여 그것이 내 안의 꽃씨가 되고 불씨가 되어 다시 꿈을 품고 뛰게 만드는 열정의 밑바닥에는 무엇이 있는 걸까?

살아가는 일에 열정의 동력이 되는 것은 사람마다 다를 수 있고 다양하게 생각할 수 있다. 간절한 나의 꿈이 될 수도 있고, 존경하는 위인이나 스승이나 부모가 될 수도 있고, 자신이 추구하는 가치나 특별했던 기억이 될 수도 있다. 그럼에도 불구하고 사랑만큼 내 안의 열정을 타오르게 하는 것이 있을까 싶다.

세계적인 대문호이자 사상가인 레오 톨스토이는 《사람은 무엇으로 사는가》에서 사람은 '사랑'이라는 위대한 가치로 인해 살아가게 된다는 것을 가르쳐 준다. 힘들고 어려운 현실 속에서도 내게 있는 작은 것들을 이웃과 나누는 사랑, 타인의 불행 앞에서는 절대 행복해질 수 없다는 연대의식이 인간을 인간답게 만드는 것이다.

톨스토이는 세 가지 질문을 던진다.

"사람 안에 무엇이 있는가?"

"사람에게 무엇이 주어지지 않았는가?"

"사람은 무엇으로 사는가?"

첫째 질문의 답은 마트료나가 가족이 먹을 마지막 빵이었지만 미하일에게 저녁 식사를 차려 줬던 '사랑'이었다. 두 번째는 멋진 장화를 주문한 부자 상인이 그날 밤 죽게 될 운명이었음을 모르는 것, 즉 사람에게는 자기 미래를 보는 지혜가 주어지지 않았던 것이다.

셋째 질문의 답은 '사랑'이다. 병약한 엄마의 죽음 이후 미하일의 걱정과는 달리 어린 쌍둥이 자매는 이웃의 따뜻한 보살핌 속에서 잘 자라고 있었다. 사람들은 자기의 안위만을 걱정하며 사는 것 같지만, 사실은 사랑을 나누며 살아간다는 것이 톨스토이의 가르침이다. 사람은 혼자는 살아갈 수 없다. 서로 보살피고 온기를 나누면서 살아야 한다.

"사랑해야 한다."

이 말은 우리 삶에서 사랑은 선택이 아니라 필수임을 말해 준다. 사랑이 없는 삶은 온전한 삶이라고 할 수 없다. 살아가는 동안 꺼지지 않는 불꽃, 꺼져서는 안 되는 불꽃이 바로 사랑이다. 존재로 빛과 그늘이 되는 사랑, 기다림조차 황홀한 편지가 되었다가 하늘과 땅을 하나로 동여매고 삶과 죽음을 하나로 묶어 놓는 사랑, 사랑은 그렇게 언제나 나를 환생시킨다.

사랑은 정답 없음

사랑에는 이유가 없다
너이기 때문이다

아니, 사랑에는 이유가 있다
너라서 그렇다

사랑은 참말 모르겠다
왜 너만 요동치는지

'왜 나는 너를 사랑하는가?'

그런 생각을 하다가 너에 대한 좋은 점을 하나하나 곱씹어 본다. 그런데 막상 이유를 찾으려니 이유가 없다. 그냥 그 사람이니까 좋다. 바꾸어 말하면, 이유가 있다. 그 사람이어서 좋은 것이다. 그 눈빛과 냄새, 그의 말과 행동이 다 좋은 것이다. 그렇게 내가 사랑하는 사람은 사랑의 이유가 되기도 하고 아무 이유가 없게 되기도 한다. 그래서 그냥 좋다고들 한다.

수많은 명언이나 노래와 시(詩), 드라마나 소설은 사랑과 이별에 대한 이야기가 주류를 이룬다. 그럼에도 작품을 쓰는 작가마다 사랑에 대한 정의가 다르기 때문에 하나로 귀결되지 않는다. 작가는 자신의 경험과 상상, 그리고 타인의 이야기를 모티브 삼아 쓰게 된다. 독자 역시 자신의 생각과 경험이 비슷하면 공감할 것이고 자신의 생각과 다르면 공감할 수 없듯, 사랑엔 정답이 없다. 만나는 사람에 따라 순간의 감정에 따라 사랑의 파고가 매번 다르게 일어나기 때문이다.

국적도 나이도 장애도 불륜과 이승을 떠난 사람까지도 초월하게 만드는 것이 사랑이다. 사랑은 허락된 미친 짓이라고도 하고 천국과 지옥을 오가게 한다고도 한다.

"사랑은 가장 달콤한 기쁨이요, 가장 처절한 슬픔이다."

에밀리 디킨슨의 말이다. 결국 인생은 사랑하고 사랑받기 위해 태어났고, 그 사랑의 온기를 품은 채 이승을 떠나게 된다.

세계적인 조각가 로댕과 까미유 끌로델은 스승과 제자로 만나 연인으로 발전해 뜨거운 사랑을 나눈다. 까미유 끌로델은 로댕의 아내가 되어 예술의 동반자가 되길 원했지만, 로댕은 20여 년간 함께 산 사실혼 관계의 마리 로즈 뵈레와의 관계를 청산하고 싶은 생각이 없었다.

그 후 까미유 끌로델은 로댕을 벗어나 개인 작업실을 만들어 오직 작업에만 몰두한다. 그러나 로댕의 불륜녀라는 꼬리표를 떼지 못하고 작품은 팔리지 않았고, 궁핍한 생활과 로댕에 대한 애증으로 강박증에 시달리다 결국 정신병원에 입원해 30년간 폐인으로 살다가 비운의 생을 마감한다.

P.J.베일리는 “사랑은 가장 달콤한 기쁨이요, 가장 처절한 슬픔이다.”라고 했고 반 필드는 “사랑은 악마이며 불이며 천국이며 지옥이다. 쾌락과 고통, 슬픔과 후회가 거기에 함께 살고 있다.”라고 말한다.

나무가 깊이 뿌리를 내리려면 숱한 바람과 상처를 받아들이고 시간을 기다려야 한다. 사랑 또한 깊이 뿌리를 내리려면 아픔과 고통을 감내해야 한다. 그럼에도 불구하고 그 사람이어서 가슴이 뜨거워지고 하루가 벅찬 감동으로 다가오는 것을 어찌하랴. 때문에 사랑에 있어 정답은 자신이 선택한 사람이 최고의 사랑이라고 믿는 것뿐이다.

"사랑이란

이 세상의 모든 것이다."

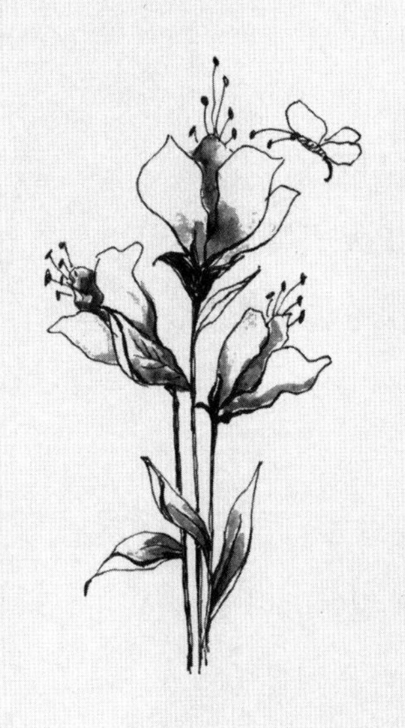

어떤 이름

살며시 부르면
눈물이 날 것 같은 이름이
꿈길에서 걸어옵니다

다시 부르면
웃음을 터트리게 하는 이름이
햇살 속에 반짝입니다

울음 끝에 웃음이 되고
웃음 끝에 연둣빛으로 물들게 하는
보고(寶庫) 속에 넣어 둔 이름

홀씨처럼 날아와
어느 날은 노래가 되고
또 어떤 하루는 봄 길이 되어 주는
사랑보다 더 아름다운 이름

피돌기를 흐르게 하고
심장을 따뜻하게 데워 주다가
생의 환희가 되어 버린
당신이라는 이름

“내가 그의 이름을 불러 주기 전에는 / 그는 다만 / 하나의 몸짓에 지나지 않았다. // 내가 그의 이름을 불러 주었을 때 / 그는 나에게로 와서 / 꽃이 되었다.”

시인 김춘수의 〈꽃〉에 나오는 구절 일부이다. 자연과 사물 그리고 사람들은 이름을 통해 비로소 가치를 지닌 존재로 인식된다.

어떤 이름은 무심해지고, 어떤 이름은 풋풋해지고, 또 어떤 이름을 생각하면 가슴이 먹먹해지다가 눈물이 난다. 이름만 떠올리는데 왜 그렇게도 수많은 감정이 교차할까? 이름은 단순한 기호나 호칭이 아니기 때문이다. 그 사람의 모든 것이 스캔되고 속내까지 엑스레이처럼 보이기 때문이다.

그 사람과 이름은 하나의 쇠줄로 묶여 있어 떼려야 뗄 수 없는 관계인 것이다. 흔히 말하는 "이름값을 해야지, 쯧쯧. 이름이 아깝네!"라는 말의 속뜻은 그 사람에 대한 기대나 가치가 이름 속에 들어가 있는 것이다.

나무나 꽃, 하늘과 바다, 달빛과 별빛처럼 자연이 갖고 있는 모든 이름은 그 모습을 볼 수 없는 꽉 막힌 공간에서도 보이고 느껴진다. 모습과 이름이 하나로 이어져 있기 때문이다. 그럼에도 우리는 "바다야, 넌 왜 그 모양이니?"라든가 "나무야, 이름값 좀 하지?"라는 말은 하지 않는다.

자연과 사물은 나이를 먹고 낡아도 그대로 그 모습을 유지하지만, 사람은 사람다운 모습을 유지하려면 그대로 두어서는 안 된다. 하루에도 오만 가지 생각이 일어나기 때문이다. 시시각각 일어나는 부정적인 생각을 여과시키고 감정을 정제하고 욕심을 잘라 내야 하는 눈물겨운 노력이 필요하다.

떠올리면 별이 되고 생각하면 아침이 되는 이름, 부르면 행복해지는 이름이 있어 우리의 하루는 눈부시게 피어난다. 담벼락의 배롱나무 꽃잎에 이름을 하나하나 새기니 가슴속에 파랑새가 떼 지어 들어온다.

존경하는 사람이든 가족이든 연인이든 친구든, 미소를 짓게 만드는 이름이야 많겠지만 그 이름을 넘어선 이름이 있다. 육신이 파김치처럼 지쳐 있을 때, 삶이 무상해지고 우울할 때면 온몸에 막힌 피돌기를 흐르게 하는 이름이 말이다. 존재로 심장이 먹먹해지는 이름, 그립고 그리워서 명치끝이 아픈 이름, 노을이 내리거나 첫새벽에 눈을 뜰 때면 생의 노래가 되고 시(詩)가 되는 이름 말이다.

사랑은 별빛처럼 저 들녘처럼

가까이 있어 아름다운 것이 꽃이라면
멀리 있어 더 아름다운 것은 별무리입니다
가까이 있어 푸른 것이 나무라면
멀리 있어 더 푸른 것은 저 들녘입니다

고혹한 향기로 물들이는 꽃이라 해도
생존하는 동안 함께하는 별빛만 하겠습니까
한 오백 년을 사는 은행나무라 해도
억겁을 이어 온 저 들녘만 하겠습니까

우리가 하는 사랑도 그런 것입니다
잡고 있는 사랑은 언제나 떨어지려 하는 것
오랫동안 아주 오랫동안 사랑하고 싶거든
조금은 멀리 바라보십시오
별빛처럼, 저 들녘처럼…

별과 달, 들녘이나 강물, 수평선이나 노을빛, 하늘을 수놓는 구름, 그 고혹한 정경을 보는 것만으로도 마음이 행복해진다. 어쩌면 가질 수 없는 것에 대한 애틋함과 먼 거리에서 보는 신비함이 어우러져 있기 때문이다.

사랑 또한 오래 유지하려면 관계의 거리를 조절해야 한다. 너무 멀면 무심해지겠지만, 너무 가까워도 상처를 받거나 주게 된다. 사랑하는 사람과의 거리는 존경과 배려가 숨 쉬고 사랑에 탄력을 받을 수 있는 거리이기도 하다.

이별은 몸이 아닌 마음이 멀어지기 때문에 찾아오는 것이다. 불의의 사고로 두 다리를 못 쓰게 된 사람 옆을 지켜 주는 모습은 천사처럼 보인다. 그러나 마음이 떠난 사람을 붙잡고 있는 모습은 미련하고 어리석게 보인다. 마음이 떠난 사람은 미친 듯 갈구하고 애원해도 떠나간다. 내가 싫다고 떠나는 사람은 아무리 힘들어도 보내 줘야 한다. 영혼이 빠져나간 사람과의 만남은 상처와 고통만 커질 뿐이다.

우리는 가까이 있고 가지고 있는 것에 대해 애틋함과 소중함을 자주 망각하곤 한다. 소유하고 있다는 자만과 이기심은, 소소한 행복은 물론 상대에 대한 배려와 존중을 잃어버린 채 함부로 말하고 행동하고 나서 또 후회하게 만든다. 아무리 사랑한다 해도 존경과 배려가 빠지게 되면 집착과 욕망이란 이끼가 자라난다.

사랑이란 이름으로 구속해서는 안 된다. 사랑은 소유가 아니다. 존재를 귀하게 여기고 자유를 숨 쉬게 해야 한다. 영원한 사랑으로 함께하고 싶은 사람이라면, 별빛과 들녘이 왜 그리 아름답고 한결같은지 가슴으로 받아들여야 한다.

그거 알아

내 눈이 별처럼 반짝이고

내 귀에 피아노 소곡이 울리고

내 가슴에 유채꽃이 필 때면

네가 들어온 거야

내 두 손은 희망을 쥐고 있고

내 두 발은 감사가 신겨 있고

내 뒷모습이 그림처럼 보일 때면

네가 들어온 거야

그래서

사람의 모습이

풍경으로 보이는 거야

그거 알아

'나는 나인데, 왜 나 혼자만으로 빛날 수는 없는 걸까?'

백조는 우아하고 고혹한 모습을 위해 물밑에서 물갈퀴가 해지도록 고통을 스스로 감내했을 것이다. 어쩌면 흔들리는 모습을 들킬까 봐 당당한 척하면서도 속으로는 눈물을 삼키고 있었는지도 모른다. 모든 자연과 사람은 존재로 빛난다 해도 존재 옆에는 그를 둘러싸고 있는 또 다른 존재들이 있다.

들판은 나무와 꽃들과 샘물이 있어서 아름답고, 하늘은 구름과 해와 달과 별이 있어 눈부시고, 바다는 파도와 바위와 배들이 함께하기에 더 아름다운 것이다. 사람도 존재로 빛날 수 있는 것은 많은 이들의 격려와 사랑, 그리고 축복이 함께하기 때문이다. 별은 어둠이 있어 빛나고, 아침은 어둠이 있었기에 더 눈부시다. 봄이 눈부신 것은 겨울이 있기 때문이고, 바람이 고마운 것은 땡볕이 있기 때문이고, 집배원의 오토바이 소리가 정겨운 것은 편지를 보내는 사람이 있기 때문이다.

사람 인(人)자는 혼자서는 존재할 수 없다는 의미이며 사랑 또한 나눌 수 있는 대상이 있어야 비로소 제빛을 낸다. 혼자서 아무리 행복한 척해도 속으로는 헛헛한 가슴을 달래야 한다. 그런 내 안에 네가 들어와 있을 때면 굳이 예쁜 척, 행복한 척하지 않아도 웃음이 솔솔 나오고 햇살이 앉은 듯 얼굴이 반짝거린다.

내가 너를 품을 때, 나는 풍경처럼 세상과 하나가 된다. 나의 존재를 알아주는 사람이 있을 때 비로소 나도 존재하게 된다.

사람이 선물입니다

하늘이 빛나는 것은 은하수 때문이고
들판이 빛나는 것은 원시림 때문이고
세상이 빛나는 것은 사람 때문입니다

아픔이 소중한 것은 기쁨과 함께하기 때문이고
실패가 소중한 것은 성장과 함께하기 때문이고
세상이 소중한 것은 사람과 함께하기 때문입니다

자연은 받아들이는 아름다움을 배우게 하고
세상은 나누는 아름다움을 배우게 하고
사람은 존재의 아름다움을 배우게 합니다

살면서 가장 중요한 시간은
가슴 따뜻한 사람과의 만남입니다
사람이 선물입니다

선물이라는 말은 언제 들어도 사랑스럽고 예쁘다. 장미꽃 한 송이든 책 한 권이든 로또 복권 한 장이든, 선물이란 크건 작건 주는 사람의 정성이 소담스레 담겨 있기 때문이다. 그런 선물이 사람에게 쓰일 때는 기쁨과 설렘이 어우러져 마음까지 초로초록하게 만들어 준다.

무궁화 열차를 타고 창밖을 보거나 고풍스런 카페의 창가에 앉아 아메리카노 한 모금에도 목구멍이 알싸해질 때면 언제나 선물처럼 떠오르는 사람이 있다. 아름다운 정경에 취하면서도 뇌리 속에선 그리운 얼굴이 왜 그렇게 몽실거리는지….

세상의 모든 문제의 시작은 사람 속에서 나온다. 물론 세상의 모든 기쁨의 종착지도 사람 속에 있다. 웃음과 눈물, 사랑과 이별, 그리움과 기다림, 믿음과 배신, 용서와 증오, 생성과 파멸, 인류가 만든 모든 물질문명은 사람을 위해 만들어졌다. 그리고 사람으로 인해 파멸되기도 한다.

간혹 사람을 떠나 아무도 없는 깊은 산으로 들어가 자연과 벗하며 혼자의 삶을 즐기는 사람도 있지만, 그 자연인의 내면에도 간간이 떠오르는 사람에 대한 그리움은 어찌할 수 없을 것이다. 다만 내려놓고 비우고 사는 것뿐일 터.

돈과 권력과 명예도 나 혼자 사는 세상엔 아무런 의미가 없다. 밤하늘 별빛을 보거나 삼나무 빽빽한 숲길을 홀로 걷고 있어도 가슴이 촉촉하거나 따뜻해질 때면 그리운 사람이 어느새 딱정벌레처럼 붙어 있다. 내 삶에 가장 기쁜 날은 그 선물 같은 사람을 만나는 시간이다.

"사랑은 무엇보다도 자신을 위한 선물이다."

장 아누이의 말처럼 그 길은 나를 위한 선물이기도 하다.

누군가를 사랑한다는 것은

누군가를 사랑한다는 것은
서로에게로 가는 물길이 생겼다는 것이다
내 가슴의 소리가 흘러 들어가
너의 가슴속에서 들리고 있다는 것이다

그리하여 굳이 말하지 않아도
그 사람이 아픈 이유를 알아채는 것이다

누군가를 사랑한다는 것은
서로에게로 가는 창이 활짝 열렸다는 것이다
내 마음의 창에서 볼 수 있는 것을
너의 마음의 창에서도 볼 수 있다는 것이다

그리하여 자신도 모르는 사이에
서로의 모습과 빛깔로 물들어 버리는 것이다

누군가를 사랑한다는 것은
두 사람의 생각이 하나로 녹아드는 것이며
두 사람의 모습이 비슷하게 그려지는 것이다

그리하여 굳이 함께하지 않아도
늘 옆에 존재하고 있다는 착각을 하는 것이다

사랑을 하게 되면 서로의 마음에 길이 생기고 창이 생긴다. 그 길은 막다른 골목에 처하거나 갓길이 없는 길에 다다르면 또 다른 길을 열어 준다. 그래서 희망을 품게 되고 용기가 생긴다.

창밖의 풍경이 유난히 쓸쓸하게 보일 때면 멜랑꼴리한 기분이 똬리를 튼다. 그럴 때면 마음 안에 또 다른 창이 생긴다. 잎새가 무성한 아름드리 후박나무가 있고 그 옆으로 나무 의자가 놓여 있고 이따금씩 새들이 앉았다 간다. 어느새 마음이 환해지고 따뜻해진다. 창밖은 겨울인데 마음은 봄이다. 사랑이 만들어 준 창 때문이다.

사랑한다는 것은 같은 모습으로 닮아 가는 것이 아니라 서로의 빛깔로 물들어 가는 것이다. 그 사람의 영혼까지 사랑하게 되면, 생각이 같지 않는 것에 힘들어하는 것이 아니라 다른 생각을 받아들이고 인정해 주게 된다. 그리하여 서로의 간극을 조금씩 줄여 나가면서 믿음이란 징검다리를 하나씩 만들어 놓는다.

서로의 존재에 감사하고 존경하게 되면서 이제 사랑은 무한한 빛을 발산하게 된다. 폭풍우에도 흔들리지 않고 폭염에 지치지 않으며 더러움에 물들지 않고 허욕에 빠지지 않는 둘만의 견고한 성을 갖게 되는 것이다.

참 좋은 당신을 만났습니다

이른 봄날, 파랑새처럼 날아와
하얀 밤을 보내야 했던 야윈 영혼에
산수유로 가득 채우게 만드는
한 사람을 만났습니다

땡볕이 요동치는 여름이면
가끔씩 샛바람으로 파고들어
땀에 젖은 몸을 뽀송하게 만들다가
잎 넓은 나무가 되어 주는 사람

오색으로 물든 가을날이면
목적지 없이 떠난 낯선 길에서도
낙엽과 바람과 수다를 떨게 하다
쓸쓸함도 시가 되게 하는 사람

대지가 얼어붙은 겨울날

혈관 깊숙이 파고드는 한기에도
자꾸만 뜨거워지는 피돌기가
마음에 봄을 심어 주는 사람

계절이 가고 오는 길목에
비우고 내려놓아야 하는 시간쯤에
아쉬움보다 설렘이 많은 것은
당신의 존재 때문이에요

생각하고 또 생각해도 나는
참 좋은 당신을 만났습니다

생각하고 또 생각해도 참 좋은 사람, 이른 봄날 산수유처럼 샛노란 희망을 주는 사람, 땡볕이 내리는 여름날이면 잎 넓은 나무가 되어 주는 사람, 쓸쓸함도 낭만이 되는 사람, 겨울이면 모닥불처럼 온기를 주는 사람, 허기가 질 때 떠올리면 포만감을 주는 사람, 문자 하나에도 가슴이 먹먹해지는 사람. 그런 사람이 있다.

우연이 인연이 되고 그 인연이 선물이 되고 기적이 된 것처럼 그렇게 서서히 소리 없이 깊숙이 침잠(沈潛)해 버린 사람으로 인해 내 마음 한편엔 후박나무의 싱그러움이 사계절 피어난다. 언제인지 모르겠으나 옆에 없는데도 옆에 있고, 잡을 수 없는데도 들어와 있고, 들리지 않는데도 그 소리가 들리는 것이다. 그저 존재로도 가슴 뭉클해지는 사람, 그리하여 영혼의 비타민이 되어 버린 사람으로 인해 하루가 고맙고 소중하다.

나는 발라드 노래를 듣거나 시를 읽거나 여전히 눈시울이 붉어지고 심장이 뜨거워진다. 이순에 접어들면 그런 감정도 박제될 줄 알았는데…. 어쩌면 나는 줄곧 사랑 시를 써 왔고, 지금도 쓰고 있으니 나에게 사랑은 시간과 공간을 초월한 최고의 행복이자 휴식인지도 모른다.

살아 있다는 것은 사랑하는 일이다. 자연은 겨울을 보내고 봄이면 어김없이 꽃을 피운다. 우주가 멈추지 않는 한 자연의 이치도 멈추지 않는 것처럼 사랑은 살아 있는 동안 반복될 것이다. 다만 빛깔과 농도와 열정의 차이만 있을 뿐이다.

나에게 사랑은 바닷가 등대이고, 낡은 담벼락에 그려져 있는 그림이고, 매일 마시는 한 잔의 커피이고, 오지 마을의 서점과 같다. 여전히 설렘을 주고 여전히 따뜻하고 여전히 깨어 있는 삶을 만들게 한다. 사랑은 자신을 위한 최고의 선물이며 위로인지 모른다.

존재만으로 빛나는 당신

별은
하늘에만 있는 것이 아니다
당신의 내부에도 있다

당신이 웃는 순간
당신이 감사하는 순간
당신이 아픈 이들을 품어 주는 순간
당신이 꿈을 향해 가는 순간

당신의 눈과 입과 귀와
두 손과 두 발을 통해 별들이
하나씩 눈을 뜬다

그때 당신은
존재만으로도 빛을 낸다

흔적…. 삶의 페이지에 어떤 흔적을 남기느냐에 따라 추억이 될 수도, 상처가 될 수도 있다. 아름다운 것들은 사실은 내부에 필 때 변함이 없다.

'이너뷰티(Inner Beauty)'

요즘 화장품이나 다이어트식품 광고에 자주 나오는 말이다. 이너뷰티는 먹는 화장품을 통틀어 하는 말로 내부에서부터 건강한 피부를 가꾼다는 뜻이다. 인위적인 방법으로 피부 표면만을 일시적으로 좋게 만드는 것이 아니라, '식습관'과 '생활습관'을 통해 몸속의 건강을 지킨다는 것이다.

이너뷰티는 내면의 아름다움을 간직한다는 것이다. 젊음도 한때고 외모도 나이를 먹어 감에 따라 늙어 갈 수밖에 없다. 그러나 내면의 아름다움은 우리가 삶을 어떤 자세로 대하고 가꾸느냐에 따라 이생을 떠날 때까지 지켜 갈 수 있다.

별이 유난히 총총하게 뜬 밤하늘, 그것을 올려다볼 때 누군가는 어린왕자의 별을 보고 누군가는 그리운 이의 얼굴을 보고 또 다른 누군가는 이방인처럼 무심하게 지나칠 것이다. 일상의 풍경은 보는 이의 눈과 마음이 아름다울 때, 허름한 판잣집 골목도 을씨년스런 겨울밤도 모닥불처럼 따뜻하게 그려진다. 찡그린 눈으로 보는 세상은 둥글게 보일 수 없고, 불평이 가득한 마음으로 듣는 세상에선 맑은 소리가 들리지 않는다.

별이 없는 하늘을 보면서도 별의 소리가 들리는 것은 가슴에서 빚어내는 감사와 사랑의 하모니 때문이다. 별이 없는 하늘에 별을 걸어 놓을 수 있다. 빛이 한 점 없는 골목에 가로등을 세울 수도 있다. 나무가 없는 황무지에 나무를 심을 수도 있다. 내가 별이 되고 가로등이 되고 나무가 되면 된다.

어찌할 도리가 없을 때 한숨이나 불안, 신세 한탄은 악순환의 고리만 굵고 강하게 만들어 줄 뿐이다. 약간의 즐거운 망상은 창작의 모티브가 되기도 한다. 꿈을 위한 상상은 때로는 신비한 날개를 달아 주기도 한다. 당신은 존재만으로도 충분히 빛나고 있다.

사랑이란 말이야

사랑이란
빠지는 것이 아니라
물이 드는 게야

그대 풋풋한 모습에
그대 친절한 말 한마디에
그대 부드러운 미소에
내 가슴속 연둣빛이 물드는 게야
샛노랗게 새빨갛게

사랑이란
받는 기술을 배우는 것이 아니라
하는 기술을 익히는 게야

나의 따뜻한 말로
나의 단아한 모습으로

나의 맑은 눈빛으로
그대 가슴속이 시원해지는 게야
청수처럼, 파도처럼

그래서 사랑이란
서로가 존중과 배려하는 길을
매일 달려야 유지될 수 있는
마라톤 게임 같은 게야

사랑이란 그 존재로 아름답다. 하지만 사람에 따라서 희극이 될 수도 있고 비극이 될 수도 있다. 또한 아름다운 풍경이 될 수 있고 아픈 기억이 될 수도 있다.

"사랑으로 행해진 일은 언제나 선악을 초월한다."

프리드리히 니체의 말이다. 니체의 이 말은 사랑할 때는 좋은 것과 나쁜 것을 보는 눈이 멀어지고 악을 선으로, 선을 악으로 혼돈할 수도 있다는 말이다.

나에겐 운명적인 사랑이라는 것이 누군가에겐 아픔을 줄 수도 있다. 그런데 사랑에 빠지다 보면 학식이나 권력, 명예를 갖고 있는 사람도 윤리적인 잣대로 통제되지 않을 때가 있다. 때문에 사랑을 하면 선해지는 것이 아니라, 선해지기 위해 매 순간 욕망과 이기적인 생각을 여과시켜야 사랑이란 본성을 잃지 않는 것이다.

많이들 말한다.

"사랑이 어떻게 변해요?"

사실 사랑의 속성은 변하지 않는다. 변하는 것은 사랑이 아니라, 그 사랑을 조종하고 있는 사람이다. 때문에 사랑도 어떤 사람을 만나고 어떻게 가꾸어 가느냐에 따라 삼나무 빽빽한 거리나 프랑스 화가 르누아르의 명작처럼 그려질 수도 있고, 폐차장의 공터나 저잣거리에 쏟아 낸 오물처럼 치욕과 상처로 남을 수도 있다.

문제는 사랑의 본성을 망각하고 사랑이란 가면으로 위장한 채 자신의 감정에 매몰되어 집착과 구속을 사랑이라고 믿고 있는 사람들이다. 정답도 없고 지름길도 없고 끝도 없는 사랑을 아름답게 지켜 가려면 결국 사랑만 가지고는 안 된다는 것이다. 사랑도 어떤 틀을 만들고 어떻게 색칠하고 가꾸느냐에 따라 불꽃처럼 색바람에도 꺼질 수 있고, 은하수처럼 오랫동안 빛날 수도 있다.

오랫동안 아름다운 사랑으로 이어 가려면 존중과 배려라는 물을 매일 주어야 한다. 존중이 없는 사랑은 집착과 욕망의 덫에 걸려 시간이 흐르면서 본색을 드러내게 된다. 다만 시간과 농도의 차이가 다를 뿐….

당신이 아닐까요

하루의 일과를 끝내고
노을이 내리는 거리를 걷다 보면
뒷모습이 풍경처럼 보이는
사람이 있습니다

가로등이 없는 음산한 골목길
고독이란 놈에 취해 휘청거릴 때면
등불이 되어 집을 찾아 주는
사람이 있습니다

봄날이면 유채꽃이 되고
여름날이면 소나기가 되었다가
가을날이면 단풍빛이 되고
겨울날 눈꽃으로 피는

일 년을 한결같이

캔버스에 내리는 시처럼
희망 나무를 가슴에 자라게 하는
그림 같은 사람이 있습니다

혹시
당신이 아닐까요

사랑을 하면 우리는 자기도 모르게 색색의 안경을 쓰게 된다. 그 색안경은 내가 보고 싶은 것만 보게 하고, 내가 만들고 싶은 대로 상상하게 만든다. 그러나 상상이 늘 행복을 주는 것은 아니다. 상상이 허상인 걸 깨닫게 되면서부터 그토록 빛나 보였던 존재가 이웃집 그 여자와 그 남자처럼 별반 다르지 않게 보인다.

영화처럼 생각했던 사람도 살을 부대끼고 살다 보면 삼류 영화의 조연처럼 느껴지기도 한다. 상류사회 사람이나 하류사회 사람 할 것 없이 티격태격, 때론 살벌하게 싸우기도 한다. 그러한 크고 작은 마찰도 잘 넘기면 명작이나 보석으로 만들 수 있지만, 그것은 각자의 인성(人性)과 인격(人格)에 달려 있다.

일 년 삼백육십오 일 캔버스에 내리는 시(詩) 같은 사람은 없다. 다만 그렇게 생각하면서 살면 또 그렇게 느껴지기도 한다. 보고 있어도 보고 싶다거나 옆에 있어도 그립다는 의미가 그런 것이다. 그러나 보고 싶고 그립다는 것으로 사랑이 다 아름답게 펼쳐지는 것은 아니다. 상대를 귀하고 소중하게 생각해야 말도 행동도 품격을 유지할 수 있다.

"내가 그의 이름을 불러 주었을 때 그는 나에게로 와서 꽃이 되었다."

김춘수 시인의 〈꽃〉 중 이 구절은 내가 꽃으로 생각하지 않았을 때는 몸짓에 불과했다는 것이다. 그러나 꽃으로 대하고 꽃으로 불러 주니 비로소 꽃이 된다는 것은, 누구나 지고지순(至高至純)한 존재가 되고 싶다는 의미이기도 하다.

내가 선택한 사람, 사랑이라는 고리로 맺어진 사람은 하늘이 보낸 인연이다. 내 안에 희망 나무를 자라게 하는 사람으로 간직하려면 사랑이 내재하고 있는 다양한 모양과 색을 다룰 수 있는 능력을 길러야 한다. 사랑이 받는 것보다 주는 것이 아름답다는 말은 사랑은 수동성이 아니라 능동성이라는 의미이다. 진정한 사랑은 거저 오는 것이 아니라 갈고 다듬고 가꾸어야 한다.

당신과 나 사이

꽃이 지고 피는 사이
밤이 가고 새벽이 오는 사이
욕심에서 비움을 깨닫게 하는 사이
절망에서 희망으로 가는 사이
권태와 열망 사이 그 중심에 서서
다시 꿈을 품게 만드는

이따금씩
자유의 바람을 보내고
존재의 햇살을 쏟아지게 하다가
생의 환희를 빚어내는
푸른 그리움

타인과 타인 사이에서 너와 나의 사이로, 다시 우리 사이로 바뀔 때면 그 사이가 주는 거리가 점점 가까워진다. 좁혀진 거리와 공간은 서로에게 여백을 주지 않게 된다. 거리가 멀다는 것은 공간의 개념도 있지만 관계의 의미도 된다. 문제는 너와 나의 사이가 우리 사이가 되면서 한없이 좋을 것만 같았던 관계가 삐거덕거리기 시작한다는 것이다.

그림을 그릴 때 색과 색이 섞이면 본래의 색이 없어지는 것처럼 여백이 없어지면 자신의 모습을 잃을 수도 있다. 때문에 누군가는 자신의 모습이 사라지는 것을 힘들어할 수도 있고 또 누군가는 상대의 모습으로 바뀌는 것을 좋아할 수도 있다.

중요한 것은 좋은 쪽은 괜찮은데 싫은 쪽은 지치게 된다는 것이다. 여백이 없는 방이나 여백이 없는 거리를 걷게 되면 마음이 답답하고 편안하지가 않다. 이러한 문제는 당신과 나 사이에도 생기게 된다.

행복은 소소한 일상에서 감사를 통해 느낄 수 있지만, 사랑은 나 혼자만 행복하다고 되는 일이 아니다. 사랑은 상대를 통해 느낄 수 있는 것이기에 상대의 마음을 충분히 고려해야 한다. 나에게는 행복한 일이 상대방에게는 행복하지 않는 것일 수도 있기 때문이다.

하나가 되고 싶은 사람과 조금은 떨어져 있고 싶은 사람, 분명한 것은 당신과 나 사이에 꽃이 피고 열매가 맺히려면 자유의 바람이 드나들 수 있는 공간이 있어야 한다는 것이다. 숨이 막히는 사이가 된다면 우리 사이는 언젠가 타인과 타인의 거리에서 바라보게 될 테니까 말이다. 아니, 미움과 상처가 쌓이게 되면 타인과 타인의 거리보다 더 아득한 거리가 될지도 모른다.

사랑이란 선물을 바칩니다

내가 비라면
그대의 지친 마음을 적셔 주고
내가 햇발이라면
그대의 창에 보석 같은 빛을 줄 텐데

나는 언제나 미약하여
사랑이라는 선물을 바칩니다

내가 꽃이라면
그대의 차가운 마음에 향기를 주고
내가 나무라면
그대의 고단한 육신을 쉬게 할 텐데

나는 언제나 미약하여
사랑이라는 선물을 바칩니다

내가 주는 선물은 형태가 없어
시간이 늘 뺏어 가고
내가 주는 선물은 향기가 없어
기억 저편에 물러나 앉겠지만
그것은 그리 중요하지 않습니다

사랑은 받고자 속박하는 것보다
아낌없이 사랑했던 것만으로도
나는 행복할 수 있기 때문입니다

"당신이 나를 완성시켜. 그래서 당신이 없으면 난 내가 아니야!"

1996년도에 개봉한 영화 〈제리 맥과이어〉에 나오는 대사이다. 나의 존재가 그 사람으로 인해 완성된다고 느낄 때, 사랑은 한없이 순수해지고 겸손해진다. 순수하고 겸손한 사랑은 아픔조차 행복으로 변신시키게 만든다. 그리하여 어떠한 갈등도 역경도 이겨내고 성숙한 사랑으로 만들어 가는 것이 아닐까 싶다. 물론 현실은 영화나 노래가 아니라 해도 내가 선택한 사람과 영화나 노래 같은 사랑을 씨실과 날실처럼 엮어 가는 일만큼 근사하고 감동스런 일이 있겠는가?

사랑은 요술 상자와 같다. 채우면 채울수록 커지는 상자 말이다. 주고 또 주어도 부족하고 받고 받아도 부족하다고 느끼게 된다. 그런데 주고 또 주고 싶은 마음은 아름다운데, 받고 또 받고 싶어 하면서 기대와 욕심의 그릇을 크게 만든다. 욕심의 그릇은 만족이 없다. 그래서 불평과 불안이 욕심의 그릇에 담기게 된다.

사랑에 있어 완벽한 모습도 없고 완벽한 만족도 없다. 다만 만족하기 위해 해야 할 것은 자꾸만 번식하는 기대와 욕심을 솎아 내고 비워 내야 하는 일뿐이다. 내가 선택한 사람이 나로 인해 행복하기를 바란다면 역지사지(易地思之)하는 마음으로 매 순간 돌아봐야 한다.

'넘치는 사랑을 비우고 내려놓는 일은 행복한 슬픔이라고 해야 할까? 슬픔만큼 행복하다고 해야 할까?'

그러나 분명한 것은 그 사랑으로 부족한 내가 성장하고, 이기적이었던 내가 이타적으로 변하고 있다는 것이다. 사랑은 그렇게 시처럼 애틋하고 영화처럼 뜨겁고 자연처럼 비우고 받아들이는 힘을 갖게 만든다. 어쩌면 내가 준 선물보다 더 많은 선물을 받고 있는지도 모른다.

왜 그럴까요

발코니 난간에 앉은
참새들이 한바탕 떠들고 가는데
왜 나는, 당신 목소리가
들리는 걸까요

담벼락의 넝쿨장미가
가끔씩 바람결에 흔들릴 때면
왜 나는, 당신 냄새가
느껴지는 걸까요

길게 늘어선 삼나무 잎이
햇살에 에메랄드처럼 반짝거릴 때면
왜 나는, 당신의 미소가
보이는 걸까요

매일 반복되는

자연의 소소한 일상과 변화가
왜 나는, 당신이 몰래 보낸
선물로 생각될까요

"물리학에서 끌림 이론은 특정 소리가 심장박동을 증가시킨다는 거야. 내겐 말이야, 언제나 그 특정한 소리는 당신의 웃음소리야!"

2010년도에 개봉한 영화 〈내 이름은 칸〉에서 나온 대사이다.

누군가에게 끌림으로 시작되어 서서히 깊숙이 스며들면, 애써 그를 기억하려 하지 않아도 일상 곳곳에서 그냥 느껴진다. 하얀 천에 쏟아진 물감이 스며들어 빨아도 지워지지 않는 것처럼 마음에 스며든 특정한 소리는 행복의 전주곡이 되기도 하고, 힘들 때면 경쾌한 행진곡처럼 위로가 되고 희망의 소리가 된다.

아침이면 키 작은 나뭇잎에 모여든 참새 떼들의 노래 속에서 사랑하는 사람의 음성이 들리고, 햇살이 쏟아지는 정오가 되면 나뭇잎 사이로 에메랄드빛을 닮은 미소가 반짝거린다. 바람에 담장의 넝쿨장미가 한 번씩 흔들릴 때마다 그의 냄새가 가슴을 알싸하게 만들기도 한다.

이런 증상이 진행되다 보면, 자연 속에서 사람이 아름답기보다 사람 속에서 자연이 더 아름답게 보이기 시작한다. 그러고 보면 당신은 자연이고 세상이 보내 준 최고의 선물이자 휴식이다.

당신은 자연이고

세상이 보내 준 최고의 선물이자 휴식이다

2부

사랑, 그 아리따운

나의 정원

키 작은 나무 한그루
그 주변에 핀 꽃마리와 애기똥풀
낡은 나무 의자 하나로도
작은 정원이 된다

그러나
내 마음속 정원은
당신만으로 사계절이 싱그럽다

내 마음속엔 작은 정원이 하나 있다. 아주 작지만 세상 어느 정원과 비교할 수 없이 신비스런 곳이다. 그곳에 들어가면 복잡한 마음도 단순해지고 지친 하루도 청수처럼 맑아진다. 무엇보다 그곳엔 라벤더 향기가 머리끝에서 발끝까지 스며들어 내 몸에서 좋은 냄새를 흐르게 한다. 나의 작은 정원이지만 어쩌면 당신의 정원이기도 하다.

정원은 그리 거창하지 않아도 된다. 나무 한 그루와 주변을 둘러싸고 있는 풀과 야생화, 그리고 낡은 나무 의자 하나만으로도 충분하다. 풀 향과 바람 소리 음미하며 잠시 쉬어 갈 수만 있다면, 의자가 없어도 어떤가? 나무 옆에 질펀하게 앉아 하늘을 보며 흘러가는 구름 속에 마음 한 조각 띄워 넣고 콧노래 흥얼거릴 수 있는 것으로도 심신이 편안해질 테니까 말이다.

그렇게 멍 때리고 앉아 있다 보면 뇌리에 모락모락 피어나는 영상이 있다. 지워도 지워지지 않고 비워도 비울 수 없는, 어쩌면 영혼 속에 이식되어 함께 숨 쉬고 있는 사람 말이다. 사방이 꽉 막힌 공간에 있거나, 풀잎 하나 없는 사막을 걷거나 북풍이 몰아치는 겨울 산을 오를 때면 나침반이 되고 이정표가 되는 영상.

당신은 그렇게 나의 정원에 있는 나무가 되기도 하고 의자가 되기도 하고 야생화가 되기도 한다. 그래서 나의 사계절은 늘 연둣빛이다.

우리는

너와 내가 만나
씨 뿌리고 꽃피운 것이
어느 날 세상을 향기로 물들인다면
그때 우리는 노래가 되겠지

너와 내가 만나
감사하고 사랑한 것이
어느 날, 삶을 그리움으로 채운다면
그때 우리는 시(詩)가 되겠지

아침이면 노래가 되고
해거름 녘이면 시(詩)로 다시 깨어나
허기진 삶을 거둬 내고
희망을 품게 하지
그렇게

우리는

차를 마시며 노트북 음악 채널을 켠다. 잔잔하게 퍼지는 발라드 노래를 들으면 마음밭에서 꽃씨들이 망울을 터트리는지 내가 머문 자리에 라벤더 향기가 솔솔 피어난다. 창밖의 오가는 사람들도, 볼품없이 변해 버린 나목들도, 총알처럼 지나가는 자동차들도 노래 속의 배경이 되어 눈과 귀를 깨우고 있다.

누군가를 좋아한다는 마음이 세상의 모든 것을 로맨틱 코미디로 만드는 것이다. 어쩌면 내가 만나는 사람과 추억 하나하나를 노래로 만들고 시로 만들고 싶은 마음 안에서 일어나는 간절한 바람인지도 모르겠다. 수많은 노래의 가사를 보면 어떤 종류의 사랑이건 아름답다. 만남도 그리움도 상처도 이별도 말이다.

그러나 현실은 노래가 아니고 시가 아니다. 이별이, 상처가 어떻게 아름다울 수 있겠는가? 고통과 시련의 언덕을 맨발로 걷다가 굳은살이 생기면 그땐 아픔만큼 성숙해진다는 노랫말을 이해하게 되겠지만….

그럼에도 불구하고 내가 만든 인연이었다면 힘들고 고통스러웠던 날도 승화시키는 노력을 해야 한다. 그렇지 않게 되면 나의 지난 시간이 송두리째 사라지고 말 테니까 말이다. 그렇게 노래나 시처럼 승화시킬 수 있다면 상처는 꽃으로 피어나 사람들의 가슴을 울리게 된다.

노래나 시는 그렇게 이별로 아픈 이들에게, 사랑의 환희로 가득 찬 이들에게, 그리움 때문에 울적한 이들에게 따뜻한 난로가 되고 비타민이 된다. 너와 내가 우리라는 고리로 묶였다가 다시 타인으로 돌아가기도 하는 것이 우리의 인생이다. 살아서 이별이든 죽어서 이별이든 영원히 함께하는 것은 없다. 단지 내 마음속에 영원히 함께한다고 믿고 있을 뿐이다.

누군가를 사랑한다면 혹은 사랑했었다는 과거형으로 끝났다 해도 노래가 되고 시(詩)가 된 우리였다고 생각한다면 지난 시간들은 풍경으로 남아 있는 것이 아닐까.

감사하고 사랑한 것이

어느 날, 삶을 그리움으로 채운다면

그때 우리는 시(詩)가 되겠지

선물

결 고운 상자에

내 마음을 모두 담아

그대의 빛깔로 포장을 했지요

그대에게 달려가는 동안

조금씩 조금씩 희석되더니

우리란 향기가 폴폴 나더라고요

아! 어느새

그대는 내가 되고

나는 그대가 되었더군요

"사랑은 무엇보다도 자신을 위한 선물이다."

프랑스의 극작가인 장 아누이의 말이다. 누군가를 사랑한다는 것은 결국은 자신을 위한 최고의 선물을 주는 것이다. 하루가 선물 같다는 말이나 선물 같은 삶이라는 것은 결국 사랑을 품고 있다는 뜻이다.

더불어 사는 세상. 사람과 사람과의 관계 속에 살아가는 인생이지만 우리는 나의 왕국에서 눈을 뜨고 나의 왕국에서 하루를 시작한다. 그곳이 두 평짜리 쪽방이든 수백 평의 정원이 딸린 집이든 내가 숨 쉬고 있는 곳에서만 존재하고 있을 뿐이다. 때문에 내가 머문 곳을 좋아하고 나를 사랑하지 못하면 나는 존재하지 않게 되며 타인 또한 진솔한 마음으로 사랑할 수 없게 된다.

나를 부끄럽게 생각하거나 나에게 상처를 주면서 타인에게 마음이 쏠리면 비교와 집착이란 고리에서 벗어나지 못한다. 마음이 여기저기 떠돌고 있다 해도 몸이 머문 곳에 마음을 주고 마음은 그 몸을 사랑해야 한다. 나를 사랑하는 일은 내 몸을 지키는 일이다. 그런 사람이 전하는 선물에선 사랑이라는 향기가 솔솔 흘러나온다. 그 선물은 어느새 우리의 빛깔로 바뀌기 때문이다.

국화꽃차와 케냐AA커피와 책 두 권을 상자에 넣고 우체국으로 달려가는 길은 거리가 수채화처럼 펼쳐진다. 누군가에게 선물하기 위해 우체국을 가 본 사람은 느낄 것이다. 받는 사람의 행복한 모습을 떠올리는 설렘이 얼마나 큰지 말이다.

꽃보다 아름다운 그대

누군가는 꽃이 아름답다고 말하지만
나는 그대가 아름답다고 생각해요

꽃은 시간 속에 시들다가
모든 이로부터 외면을 받지만
그대는 흘려 대는 땀방울에도
빛 고운 풍경이 되거든요

또 누군가는 꽃이 눈부시다 말하지만
나는 그대가 눈부시다 생각해요

꽃은 시간 속에 잊혀져
모든 이의 기억 속에 사라지지만
그대가 보여 주는 아낌없는 사랑에
영원한 이름이 되잖아요

꽃보다 아름다운 그대
빛살로 쏟아지다가 그늘로 머물러 주는
바로 당신입니다

바람꽃, 노루귀, 벌개미취, 제비꽃, 복수초, 엉겅퀴, 찔레꽃…. 아름다운 꽃을 열거하다 보면 끝이 없을 것 같다. 특히 사람들의 손길을 타지 않은 비탈진 산길이나 습지에 고고하게 피어 있는 야생화를 보면 그 신비한 매력에 그저 감탄할 뿐이다.

"꽃보다 그대가 아름다울까, 아니면 그대보다 꽃이 아름다울까?"

이런 질문을 받으면 당신은 무엇이라 답할까? 아마도 지금 사랑을 하고 있는 사람 대부분은 망설임 없이 '그대'라고 대답할 것이다. 물론 진심일 수도 있고 약간은 아부일 수도 있다. 그러나 아부면 어떤가? 사랑하는 그대가 좋아한다면 말이다.

언어는 마음속에 있는 생각을 어떻게 표현하느냐에 따라 향기가 될 수도, 독이 될 수도 있다. 마음 안에서 누구를 욕하든 불쾌한 감정을 터트리든 아무런 문제가 되지 않는다. 그러나 마음 밖으로 나온 언어는 그 사람의 인성이 되고 인격을 만들어 준다. 그럼에도 우리는 마음속에서 삭히면 될 말을 끄집어내서 사랑하는 사람이나 타인들에게 상처를 주고 관계를 휘청거리게 한다.

철학자이자 수사학의 대가인 루트비히비트겐슈타인은 언어에 대해 이렇게 말한다.

"내가 사용하는 언어의 한계가 내가 사는 세상의 한계를 규정한다."

결국은 내가 사용하는 언어만큼 세상을 보고 사유(思惟)하고 지각(知覺)한다는 것이다. 그래서 "어휴 입이 방정이지!", "터진 입이라고 꿰맬 수도 없고."라는 말로 함부로 뱉은 말을 탓하기도 한다.

말은 내 안에 있을 때는 내가 지배하지만, 밖으로 나오게 되면 말이 나를 지배하게 된다. 타인이 들을 때 힘이 나고 용기가 나는 말이라면 아부라 해도 손해 볼 일은 없다. 말이란 듣는 사람이 불쾌하지 않아야 한다.

쑥스럽거나 어색하다 해도 자신의 이익을 계산한 말이 아니라면 사람들이 행복해하는 언어를 선택해야 한다. 그렇게 말하다 보면 어느새 그 말이 쌓여 나의 인격이 된다. 그래서 뜻대로 되는 것이 아니라 말대로 되는 것이고, 그 말은 행동을 위한 동력이 되기도 한다.

꽃의 생명은 계절을 넘기지 못한다. 그렇게 생각하면 오랜 시간 변함없이 함께 있어 주는 사람이 꽃보다 더 아름다울 수밖에 없다. 특히 시든 꽃은 더 이상 매력이 없다. 그러나 시간이 갈수록 잘 익어 가는 당신의 모습은 은은하면서도 고혹적이다. 무엇보다 땀방울 흘리며 일하는 모습은 풍경처럼 근사하다. 아무리 생각해도 나는 그런 그대가 꽃보다 아름답게 느껴진다.

"우리는 사랑을 받기 전에는

온전하게 살아 있는 것이 아니다."

그런 일

사랑은
첫눈처럼 설렘으로 다가와
하얀 물감으로 채색된 설원처럼
그대 뜰 안에 눈꽃 정원을
만드는 일이다

사랑은
밝은 시간엔 숨었다가
밤이면 깨어나는 은하수처럼
그대 마음에 별빛으로
반짝이는 일이다

사랑은
홀씨처럼 살포시 날아와
마음의 이랑에 피는 복사꽃처럼
그대 영혼에 봄빛으로

물들이는 일이다

"어쩌면 우리가 존재한다는 것을 보아주는 사람이 나타날 때까지 우리는 사실상 존재하지 않는다는 말이 맞는지도 모른다. 우리가 하는 말을 이해하는 사람이 나타날 때까지 우리는 제대로 말을 할 수 없다는 것도 본질적으로 우리는 사랑을 받기 전에는 온전하게 살아 있는 것이 아니다."

알랭 드 보통의 《왜 나는 너를 사랑하는가》에 나오는 이야기다.

삶이란 결국 사랑하고 사랑받기 위해 만들어진 대하드라마가 아닌가 싶다. 가정에서 학교에서 일터에서 모임에서 사람과 사람과의 관계에서 인정받고 존재감을 느낄 때 비로소 제대로 살고 있다는 생각이 든다. 아니, 살아 있다는 느낌이다. 학교나 직장에서 가장 힘들다고 호소하는 것이 바로 왕따 취급받을 때라고들 한다. 나는 분명히 있는데 없는 사람으로 취급받을 때만큼 고통스런 일이 없다.

살아도 살고 있는 것처럼 느껴지지 않을 때, 그 존재감이 없을 때, 어느 날 살포시 다가온 사람이 나의 뜰 안에 순백의 하얀 물감으로 적셔들게 하고 어느샌가 눈꽃 정원이 만들어진다. 깊고 푸른 밤, 무수히 빛나는 별들이 어느새 가슴에서 들어와 내 모습을 반짝거리게도 한다. 마음에 파인 이랑엔 복사꽃이 만발하고 내 영혼은 봄빛으로 물든다.

사랑은 그렇게 존재한다는 확신과 더 멋지게 살고 싶은 열망을 주는 일이다.

사랑에는 마침표를 쓰지 않습니다

꽃이 진다고 다시 피지 않나요
별이 내린다고 아침이 오지 않나요
겨울이 숨는 것은 봄을 출산하기 위해서지요
우리가 쓰는 '안녕'이란 말도 사실은
'다시 만나요'라는 말인 것을요

그리움이 개망초로 자란다 해도
빈집을 지켜야 하는 기다림이라 해도
누군가가 가슴에 머물고 있다면
슬픔은 나무가 되고 숲이 되고 산이 되어
파랑새가 노래하는 삶이 되는 걸요

사랑이 흔들린다면
쉼표만 살짝 찍어 두세요
말줄임표도 괜찮아요
그리고 기억하세요

사랑에는 마침표를 쓰지 않습니다

존 그레이의 베스트셀러 《화성에서 온 남자 금성에서 온 여자》에서 보면 남자와 여자는 의사 표현은 물론, 생각하고 느끼고 지각하고 반응하고 행동하고 사랑하는 모든 것이 다르다고 한다. 그래서 서로 다른 행성에서 온 사람처럼 느껴진다는 것이다. 그 다른 것을 50 대 50으로 양보하고 맞추면 그보다 좋은 관계가 없겠지만, 그것은 현실적으로 쉽지 않다. 무조건 주는 사랑을 하는 사람도 허탈하고 넘치게 받는 사람도 집착으로 느껴져 지칠 수 있다.

남자는 한 번씩 아무런 이유도 없이 이렇게 말한다.

"우리 잠깐만 떨어져 있자."

그러나 여자는 그것이 이해되지 않는다.

"무엇 때문에 떨어져 있어야 하는지, 이유를 말해 줘!"

아무런 이유가 없다는 남자에게 여자는 끊임없이 다그친다. 정말이지 남자는 딱히 이유가 없다. 등대와 항구처럼 생강과 나무의 거리처럼 아무런 간섭을 받지 않고 잠시 자유를 누리고 싶은 것이다. 그러나 여자는 그 자유를 서운해하고 변심이라고 생각하는 것이다.

"사랑하는데 왜 그래야 하는데? 마음이 변하지 않으면 어떻게 그럴 수 있어?"

이런 질문은 서로의 갭을 줄이지 못하고 파열음을 일으키다가 결국은 이별로 마침표를 찍게 된다.

"사랑은 여자에게는 일생의 역사이지만 남자에게는 일생의 에피소드에 지나지 않는다."

스탈 부인의 사랑에 관한 말이다. 남녀는 이런 간극을 줄이지 못하고 자신이 살았던 별에 대한 이야기만 하다가 결국 결별을 하고 나서야 쉼표를 찍지 못한 것을 후회하게 된다.

인간관계는 끈으로 얽힌 실타래와 같다. 큰일이 아닌데도 가족이나 친구, 동료 간에 불화도 생기고 미운 마음이 일어나기도 한다. 불화와 분쟁은 내 생각만, 내 입장만 고수하고 상대의 입장을 알려고 하지 않기에 생기는 불씨다.

쉼표를 찍거나 말줄임표를 찍는 것은 관계의 단절이나 무시가 아니라 역지사지(易地思之)하는 마음의 길을 만드는 것이다. 아주 잠시라도 상대방이 되어 상대방의 입장에서 생각해 보면 내가 서운했던 마음을 상대도 갖고 있었다는 것을 이해하게 된다. 그럼에도 불구하고 남녀 관계는 바위가 물이 될 수 없고 물이 바위가 될 수 없듯 입장을 바꾸어 생각해 봐도 여전히 힘들다.

사랑이 깊어진다는 것

사랑이 깊어진다는 것은
소유보다 존재에 감사하게 되는 것
그리하여 시린 그리움조차
기쁨으로 바뀌는 것

나무의 뿌리가 깊어지면서
세상을 더 푸르게 물들이고
물길이 조금씩 깊어지면서
세상을 촉촉하게 하듯 말이다

사랑이 깊어진다는 것은
보이지 않는 아름다움을 보게 되는 것
그리하여 반백의 모습이 되어도
감성을 잃지 않고 사는 것

어둠이 깊어지면서

별들이 찬란한 몸을 드러내고
겨울이 깊어지면서
봄소식이 들리듯 말이다

사랑이 깊어진다는 것은
비로소 고독을 즐길 용기가 생긴 것
그리하여 내면의 깊은 소리를
들을 수 있게 되는 것

"사랑하는 것이 인생이다. 사람과 사람 사이의 결합이 있는 곳에 기쁨이 있다."

독일의 시인이자 소설가인 괴테가 한 말이다. 사람과 사람이 만나 사랑을 하면 기쁨이 생긴다는 말이다. 우리의 인생길에는 오욕칠정(五慾七情)이란 수많은 욕심과 감정이 있다.

특히 사랑하는 사람과의 사이에는 여러 빛깔의 감정 언덕이 있어 그 언덕을 매일 오르내리게 만든다. 어떤 언덕은 기쁘게 만들다가 슬프게도 하고, 또 어떤 언덕은 즐겁게 하다가도 괴롭게 만들기도 한다. 그런 변덕스런 사랑을 깊이 뿌리내리려면 황무지를 황금 들녘으로 만들고 있다는 확신을 가져야 한다.

사랑하는 사람들의 얼굴을 떠올려 보라. 한없이 싱그럽고 따뜻해서 바다가 보이고 숲이 보이고 모닥불이 떠오른다. 사랑은 그렇게 모든 존재를 신비하고 아름답게 만드는 위대한 힘이 있다. 그런데 그 사랑이 사라지면서부터 딱딱하고 거칠고 차가운 모습으로 변하게 된다. 사랑했던 기억이 상처의 기억으로 남게 되면 우리는 자신도 모르는 사이에 삭막하게 바뀌고 만다.

그러나 사랑이 깊게 뿌리내리게 되면 이별 후에도 애틋한 추억과 성숙한 경험으로 남을 수 있다. 스캇 펙은 말했다.

"진정한 사랑은 영원히 자신을 성장시키는 경험이다."

사랑이 이루어지지 못했다 해도, 사랑이 아픔과 상처를 주었다 해도 그 경험이 있어 더 성숙한 내가 되었다면 사랑했던 것으로도 아름다운 추억이 된다.

사랑이 깊어진다는 것은 한 몸과 한마음이 되는 것이 아니다. 늘 같은 마음이어야 하는 것으로 착각하면, 집착과 소유의 끈을 놓지 못해 불행해질 수밖에 없다. 사랑은 자신을 내려놓고 비우는 경험이다. 사랑이 깊어지면 눈이 맑아지고 귀가 열리고 마음이 고요해진다. 그리하여 소유보다 존재에 감사하게 되는 것이다. 그때 사랑은 시공을 초월한다.

그대만 한 선물은 없습니다

자작나무 빼꼭한 하얀 숲이
영화 속 풍경 같다 해도
그대의 해맑은 모습만 하겠습니까

오디오에서 흘러나오는
클래식이 영혼을 적신다 해도
그대의 풋풋한 음성만 하겠습니까

저녁놀과 아침 해가
찬연한 빛살로 야윈 몸을 휘감는다 해도
그대의 따뜻한 품속만 하겠습니까

내 가슴을
뭉클하게 하는 이 감동은
내 삶을 타오르게 하는 이 전율은
그대가 만들어 주는 걸요

생각하고

또 생각해도

그대만 한 선물은 없습니다

숲을 보면 모습이 떠오르고 클래식을 들으면 음성이 들리고 노을빛을 보면 품속이 그리워지는 사람, 자꾸만 가슴이 먹먹해지거나 울컥하게 만드는 사람, 보고 있어도 보고 싶고 옆에 있어도 그리운 사람. 아무리 생각해도 그보다 좋은 선물은 없을 듯하다. 사랑에 빠져 있는 사람은 열쇠가 없는 마법의 성에 갇혀 버린 것과 같다. 이제 그 사랑의 마법이 풀리기 전까지는 성에서 나올 수 없다.

언젠가 〈이것이 인생이다〉에서 라디오로 맺은 사랑을 보고 큰 감동을 받은 적이 있다. 선천적으로 두 다리를 못 쓰는 사람이 라디오에 글을 보냈는데 한 여인이 라디오 방송을 들으며 그 사람과 6년 동안 편지를 주고받았다. 6년이란 시간 동안 그녀도 마법의 성안으로 들어가 밖에서만 열리는 잠금 장치를 설치했는지도 모른다. 스스로 나가지 못하게 말이다.

마침내 그녀는 집안의 극심한 반대를 피해 남자가 있는 진도로 내려와 결혼을 감행한다. 평생 휠체어에 앉아서 생활해야 하는 불구임을 알고도 동반자로 선택한 그녀의 조건 없는 사랑 앞에서 그저 고개가 숙여질 뿐이다. 지금은 예쁜 딸아이 둘을 낳고 너무도 평화롭게 사는 모습을 보니, 그녀는 그 남자를 그리스 신 정도로 알고 있는 것은 아닐까 싶다.

나는 긴 시간을 사랑과 이별 그리고 홀로 서기 위해 시와 연애를 하면서 보냈었다. 그럼에도 불구하고 신이 나에게 선물 하나만 선택하라고 한다면, 사랑하는 사람을 선택하고 싶다. 나에게 사랑이 없는 삶은 큰 의미가 없고 사랑이 없는 자연은 그리 신비하지도 않기 때문이다.

어쩌면 내 태생은 아프로디테의 영혼 한 조각이 들어 있는 것은 아닌지 싶다. 첫 시집 《사랑도 커피처럼 리필할 수 있다면》 출판 당시 나는 43살이었는데, 그때 출판사 대표님의 말이 새삼 떠오른다.

"김 시인은 이순이 넘어도 사랑 시를 쓸 사람이야!"

어쩌지

새벽이 열리면
해꽃으로 피어나고

정오가 찾아오면
블랙커피 속의 프림이 되고

해거름 녘 거리에선
꼭두서니빛으로 스며들고

어둠이 소복이 쌓이면
별빛으로 파고드는

너를 어쩌지?

눈뜨지 못하는 아침이면 너는 알람이었다. 절망인가 하면 희망이었고 상처인가 하면 성장이었다. 그렇게 너라는 존재는 비극과 희극을 오가면서도 희극의 손을 잡도록 해 준다. 나는 이순(耳順)의 열차에 탑승하면서부터 사랑을 잃고 사랑을 얻는다는 의미를 깨닫게 되었고, 여전히 사랑의 본성을 의심하지 않는다. 이제는 감성이 무뎌질 때가 되었는데도 여전히 너를 갈망하고 있다.

'누군가에게 향하는 애틋한 마음이 사멸하는 날, 너라는 존재도 바람처럼 흔적 없이 사라져 버리겠지.'

나에게 같은 공간에서 함께한다는 것은 그리 중요하지 않다. 살면서 전쟁처럼 싸우고 증오하며 귀한 시간을 좀먹는 것보다는 쓸쓸한 삶이어도 평화가 좋다. 눈뜨지 못한 아침이 계속되어도 가슴이 뜨거워지는 것을 선택하고 싶었다. 외로움이 삶을 휘청거리게 하고 고독감이 날밤을 새우게 하기도 했지만, 마음이 원하는 삶을 살고 싶기 때문이다.

내 남은 날들, 쉬는 날이면 끝도 없이 펼쳐진 들판을 자전거 라이딩을 즐기다가 한적한 카페가 보이면 그리움을 프림으로 넣고 커피를 마시고 있겠지만, 해거름 녘 노을이 내리는 거리에서 시 한 편을 읊조리며 달래기도 하겠지만, 깊고 푸른 밤이면 주소 없는 편지를 쓰면서 스스로를 위로하겠지만, 신기한 것은 내 가슴 안에서 사랑이 식지 않는다는 것이다.

함께할 수 없어도 그렇게 내 일과 내 시간 속으로 스며들어 영혼의 비타민이 되어 버린 너를 어찌할까?

다시 시작하는 거야

노을이 눈부실 때면
수많은 구름이 함께하고
대지가 꽃을 피울 때면
수많은 벌레들이 모여들지

무지개 뜨는 하늘엔
장대비의 뒷모습이 보이고
들판이 열매를 맺을 때면
겨울의 머리가 보이기 시작해

우리가 성취를 통해
감동의 물결이 출렁거릴 때
자꾸 목이 메어 오는 건
아픔을 이겨 낸 시간들 때문이야

올올이 비우지 않고

새로운 것을 담을 수 없듯
더러운 것을 닦지 않고
맑은 향기를 뿜어낼 수 없듯

행복이란 이름 또한
불청객처럼 찾아오는 시련과
동고동락하면서 지냈기 때문에
얻게 되는 선물이야

지금 힘들다면
아직도 꿈이 있다는 것
지금 외롭다면
아직도 사랑하고 싶다는 것

꿈꾸고 사랑하며
그렇게 나이를 먹어 가는 거야
시작이라는 향수를
뿌려 가며…

겨울은 길고 봄은 짧다. 여름은 지루하게 길고 가을은 참 짧다. 좋은 시간은 왜 그렇게 짧은 걸까? 전자제품이나 가구, 의상이나 액세서리 또한 최신 디자인을 구입하면 어느새 구형이 되어 버린다. 어쩌면 구입하지 않을 때 가장 신형을 가질 수 있다는 말처럼. 좋고 아름다운 것은 순간에 사라지고 흉물스럽게 변한 것들만이 곁에 남고 만다.

우리 인생의 단면이 그렇다. 때문에 바람 불고 추운 것, 낡고 유행 지난 모습들을 사랑하지 않으면 마음이 늘 욕구 불만으로 가득 차게 된다. 신선하고 아름다운 것을 좋아하는 것은 모든 사람의 마음이겠지만, 낡고 추해진 것의 고단한 시간을 돌아볼 수 있어야 일희일비(一喜一悲)하지 않게 된다. 편안한 것에 길들여질수록 불편함을 견디기가 힘들기 때문이다.

낡아 버려진 물건들, 그리고 늙어 가는 것과 시들어 버린 꽃들과 떠나가는 계절은 왜 서럽지 않겠는가? 보릿고개를 넘어야 했던 시간을 이겨 내고 이룩해 낸 산업화의 주역들이 지금의 노인인데, 젊은이들은 노인들에게 뒷방에나 앉아 있으라고 손가락질하고는 있지는 않은가?

내 삶을 가치 있게 만들려면 아름다움 너머에 있는 낡고 추한 모습들을 감싸 안을 줄 알아야 한다. 시선을 돌려 멀리 있는 숲과 별을 사랑하는 마음을 길러야 한다. 언젠가 늙고 병든 모습이 나의 모습이 될 수 있으니….

마음은 시처럼 몸은 영화처럼

마음이 아프신가요
몸이 자꾸만 휘청거리나요
허욕과 안락에 매몰되어
시간을 물국수 먹듯 삼키고 나면
후회와 동거를 시작하죠

자연의 순수를 외면하고
청춘을 외딴 섬에 유배시켜 놓고
박제된 가슴에 먼지처럼 켜켜이 쌓인
새까만 때들이 앙탈을 부리며
눈과 귀를 멀게 했지요

사랑도 꿈도 등을 돌리고
열정도 희망도 연기처럼 사라져
간이역에 앉아 짭짤한 눈물로 채우며
나목처럼 발가벗겨진 자신과

날밤을 보내고 있을 때

풀꽃이 되었다가
어떤 날은 새벽별이 되고
또 어떤 날은 파도 소리가 되어
영혼을 전율하게 하는 말!

"마음은 시처럼
몸은 영화처럼 살아야 해요
더 비우고 더 뜨겁게"

'내 인생을 시처럼 영화처럼 살 수 있다면….'

가끔 이렇게 갈망해 본다. 마음에서 일어나는 감정의 소용돌이를 잘 다스려 한 줄의 시로 엮어 낼 수 있다면 타인과의 불화도, 자신을 외롭게 하는 일도 없지 않을까 싶다.

나는 분노의 감정이나 부정적 말이 목구멍을 차고 오를 때면 깊은 호흡을 한다. 잠시 눈을 감고 마음을 가라앉힌 후에 평소에 즐겨 외우던 시를 읊조리다 보면 신기하게도 감정의 파도가 잔잔해지는 걸 느끼게 된다. 그렇게 부정적 감정이 차오를 때면 잠시 생각을 멈추는 시간이 필요하다.

그리고 시를 낭송하는 것은 예민해진 뇌와 감정의 파도를 누르고 단순하고 맑게 사는 길을 제시해 준다. 시는 열정(熱情)보다 순정(純情)을 불어넣는 힘이 크기 때문에 영혼을 맑게 만드는 에너지가 생긴다.

'어떤 일에 열렬한 애정을 가지고 열중하는 마음'

'열정'의 사전적 의미이다. 그러나 불타는 마음이 계속될 수는 없다. 쉬이 타 버리고 지치게 만드는 약점을 갖고 있기 때문이다. 뜨겁다는 것은 어떤 것에 몰입하게 만들기도 하지만, 그만큼 에너지 소모를 불러온다.

결국 인생의 성공과 혁신은 어리석은 사람이 산을 옮긴다는 우공이산(愚公移山)처럼 우직하게 좌고우면(左顧右眄)하지 않고 한 걸음 한 걸음 앞으로 나갈 때 이룰 수 있는 것이다. 생각이 많은 사람이 실천하는 것이 아니라, 생각이 단순한 사람이 행동으로 옮길 수 있다.

영화처럼 산다는 것은 꿈과 도전을 멈추지 않는 일이다. 영화는 사람의 일생을 다이내믹하게 2시간짜리로 만든다. 그만큼 영화는 짧은 시간 안에 역동적이면서도 감동적으로 스토리를 구성해야 한다. 인간의 평균수명이 80년 정도라 해도 그것은 모든 사람에게 오는 것은 아니다. 언제 어떻게 떠날지 모르는 것이 인생이기 때문이다. 어쩌면 오늘이 내 인생의 마지막 장면이 될지도 모른다.

오늘을 마지막인 것처럼 아낌없이 사랑하고 도전하며 산다면, 나는 그 삶이 영화가 되고 시 같은 삶이 아닐까 생각한다.

사랑보다 더 아름다운 이름

사랑이 아름답다 했나요
아니지요 그대의 투명한 마음 때문이지요
원목보다 순백한 마음으로 사랑을 하려는
당신이 더 아름다운 것입니다

사랑이 눈부시다고 했나요
아니지요 그대의 깨끗한 눈빛 때문이지요
새벽이슬 닮은 눈빛으로 사랑을 말하는
당신이 더 아름다운 것입니다

사랑이 행복이라 했나요
아니지요 그대의 애틋한 고백 때문이지요
하얗게 부서지는 파도처럼 사랑을 울리는
당신이 더 아름다운 것입니다

사랑은 스스로 아무것도 못하잖아요

사랑이 오직 그 이름으로 눈부신 것은
영혼을 적시는 그대의 눈물 때문이지요

사랑이란 이름으로
오직 사랑을 위하여 애쓰는 당신
사랑보다 더 아름다운 이름이에요

"이 세상엔 완벽한 남자는 없다. 그리고 완벽한 여자도 없다. 이 세상엔 모자라는 남자와 모자라는 여자가 만들어 가는 완벽한 사랑만 있을 뿐이다."

드라마 〈소울메이트〉에 나온 대사이다. 완벽한 사람은 없다. 완벽한 사랑을 위해 감사하고 성찰하며 허욕에 빠지지 않기 위해 노력할 뿐이다.

하늘과 바다, 산과 나무, 석양과 아침 햇발…. 하나하나 아름답지 않은 것이 없다. 이런 위대한 자연조차 슬픈 감정으로 보면 무채색 풍경으로만 보일 뿐이다. 내가 아름답게 느끼지 못하면 의미가 없는 것이다. 그런데 사랑은 더 예민하다. 사랑의 모습은 어떤 사람을 만나느냐에 따라 빛날 수도 추해질 수도 있기 때문이다.

산이 그대로 산이고 물이 그대로 물인 것처럼 사랑은 언제나 사랑일 뿐이다. 그럼에도 사랑 때문에 울고 웃는 것은 사랑이 품고 있는 다양한 속성 때문이다. 사랑 안에는 기쁨과 슬픔, 희망과 고통, 자유와 구속, 빛과 어둠처럼 극과 극의 성격을 품고 있다. 그런 사랑이 사람에 따라 모습과 빛깔을 자주 변신시킨다.

"이제 사랑은 끝났어!"

"다시는 사랑에 속지 않을 거야!"

사랑이 무슨 잘못을 했을까 싶다. 사랑이 부족했거나 혹은 무시했던 사람 때문인 걸 말이다. 사랑을 아름답게 빚어내는 일도, 추한 모습으로 마침표를 찍는 일도 결국 두 사람이 만들어 낸 공연이고 작품일 뿐이다.

감독이 관객이 적다 해서 무대의 막을 올리지 않겠는가? 작가가 책이 팔리지 않는다 해서 절필하겠는가? 사람과의 갈등과 이별로 인해 사랑을 함부로 이야기하는 것은 어불성설(語不成說)이다. 사랑은 죄가 없다. 만일 죄가 있다면 사랑을 잘 가꾸지 못했던 사람에게 물어야 한다.

눈에 잘 보이지도 않고 손에 잡히지도 않는 사랑은 서로의 창이 되기도 하고 길이 되기도 한다. 때문에 자주 닦고 쓸어 주어야 산뜻한 모습을 유지할 수 있다. 사랑이 아름다울 수 있는 것, 사랑을 순백하게 느낄 수 있는 것, 사랑이 눈부시게 피어날 수 있는 것은 여전히 사랑보다 아름다운 이름을 가진 당신 때문이다.

사랑이 머물면

빗물이 쏟아지는 날이면
수채화가 되고

눈발이 흩날리는 날이면
수묵화가 되고

바람이 몰아치는 날은
파스텔화가 되고

네가 내 안에 있는 날은
미술관이 된다

사랑이 머물고 있는 동안은 누구나 가슴속에 그림 같은 사람을

품고 있지 않을까 싶다. 꿈이든 현실이든 허상이든 그리운 사람이든 마음속의 그림은 식어 가는 삶을 뜨겁게도 하고, 거친 마음을 부드럽고 달콤하게도 만든다. 그 생각은 새벽이 열리고 노을이 내리고 날씨가 흐렸다가 맑아지고 계절이 가고 올 때마다 굳어지는 오감을 깨우고 무심한 감성을 툭툭 건드린다.

어떤 사랑은 수채화로 보이고 어떤 사랑은 파스텔화로 느껴지고 어떤 사랑은 수묵화처럼 단아하게 나타나 지친 일상에 활력이 되고 비타민이 되어 주기도 한다. 사랑은 그렇게 빗물처럼 적셔들다가 때론 바람처럼 휘몰아쳤다가 햇살 맑은 날처럼 반짝거린다.

그림처럼 그렇게 살기는 힘들겠지만, 어쩌면 환상을 좇고 있다고 해도 분명한 것은 마음에 사랑이 머물면 불가능한 것을 가능하게 만드는 동력이 되고 발판이 되어 준다는 것이다. 무엇보다 내가 그리는 나의 사랑은 모네나 피카소와 고흐 같은 세계적인 화가라 해도 그릴 수 없는 내 안에 미술관이 되어 있는 사람이다.

사랑이 나에게 가르쳐 준 것들

나보다 더 소중한
존재가 있을 수 있다는 것

새벽닭이 울면
태양보다 일찍 일어났다는 것과
어둠이 침잠한 시간이면
바람과 별과 시(詩)와 함께 잠을 잘 수 있었다는 것

옥상에서 졸고 있는 화분과 빨래들
공원의 식당 버스와 낡은 파라솔,
쭈그리고 앉아 곰방대를 빨고 있는 노인조차
잔잔한 감동으로 다가온다는 것

백만 송이 장미보다 더
가슴을 뭉클하게 하는 선물이
바로 너라는 것

우리는 왜 그렇게 사랑을 갈망한 걸까? 설렘으로 시작해 불신으로 끝나면서 상처를 받고서도 또 다른 사랑에 빠지고 만다. 완전한 자유를 원하면서도 자유를 온전히 즐기지 못하고 구속을 힘들어하면서도 외로움이란 복병에 포위당하면 또 사랑이란 밧줄에 묶이고 싶어 한다.

국토 종주 트레킹을 할 때 동해 망상해수욕장을 지나가면서 눈에 띄는 푯말이 있었다.

"사랑은 언제나 약간의 망상이 담겨 있다."

어쩌면 그 망상이 있기에 사랑이 주는 고통이나 아픔을 망각하고 설렘과 기쁨 그리고 감동이 더 크게 자리 잡고 있는지도 모른다.

"사랑에 있어서 첫 번째 계기는 나만의 독립된 인격이 되고 싶어 하지 않는 것. 두 번째 계기는 한 사람의 다른 인격 속에서 자신을 획득한다는 것. 다른 사람 속에서 보람을 얻으며 또 다른 사람도 나의 속에

서 그렇게 되는 것이다."

독일의 철학자 헤겔의 말이다. 다른 사람 속에 들어가고 싶고, 그 사람도 내 세계 속으로 들어오게 하고 싶은 것이 사랑이다. 이렇듯 사랑은 다른 행성에서 온 두 사람이 엮어 가는 것이기에 갈등이 생길 수밖에 없고 아픔을 겪을 수밖에 없다.

그래서 누군가를 사랑하게 되면 가슴에 두 개의 공간이 만들어진다. 하나는 채움과 열정의 공간이고, 또 다른 하나는 비움과 인내의 공간이다. 두 공간은 문을 활짝 열어 놓고 자주 소통하고 왕래해야 사랑하는 사람의 자유를 억압하지 않으면서도 그 사람 속에서 보람을 얻을 수 있다.

사랑은 지루한 일상을 빛나는 일상으로 만들기도 하고, 나의 존재보다 더 소중한 존재가 있다는 것을 깨닫게 하기도 한다. 그래서 내가 나에게 베푸는 정성보다 더 많은 정성을 쏟아붓게도 한다. 사랑은 그렇게 내 모습을 반짝이게 하고, 내 안의 나를 영글게 하는 꽃씨가 되고 잎 넓은 나무가 되어 깨어 있는 하루를 선물한다.

참 멋진 사람

나무를 보면
잎새 속에서 더 푸르고
꽃을 바라보면
향기로 스며드는 사람

하늘을 올려다보면
구름 속에서 더 하얗고
땅을 내려다보면
풀꽃도 웃게 하는 사람

시들해지는 몸을
자꾸만 울적해지는 마음을
언제나 반짝거리게 하는
너는, 참 멋진 사람

풍경 속에 있는 사람이 더 아름다울까, 사람 속에 보이는 풍경이 더 아름다울까? 무라카미 하루키의 소설 《노르웨이의 숲》에 이런 글귀가 나온다.

"기억이란 참 이상하다. 실제로 그 속에 있을 땐 나는 풍경에 아무런 관심도 없었다. 나는 나와 그녀에 대해 생각하고 그리고 다시 나 자신에 대해 생각했다. 그렇지만 지금 내 머릿속에 우선 떠오르는 것은 그 초원의 풍경이다. 풀 냄새, 살짝 차가운 바람, 산 능선, 개 짖는 소리, 그 풍경 속에 사람은 없다. 아무도 없다. 도대체 어디로 사라져 버린 것일까? 그렇게 소중해 보인 것들이."

주인공 와타나베가 연인이었던 나오코와 이별 후에 했던 말이다. 어쩌면 그렇게 소중했던 기억도 그 대상이 바뀌기 때문에 우리는 상실의 고통에서 벗어날 수 있는지도 모른다. 사랑할 때면 주변의 배경은 그리 중요하지 않다. 오직 그 사람에게 집중하고 있기 때문이다. 그런데 오랜 시간이 흐른 후에 보면, 주변의 기억은 선연한데 사랑했던 사람의 얼굴은 아롱거린다.

20대 초반, 나는 방송통신대 유아교육 공부를 하면서 자폐증아 연구소에서 특수교사로 일했었다. 그렇게 주경야독을 하면서도 휴일이면 사랑의 전화에서 상담 봉사를 하며 청춘을 불태웠던 시절이었다. 당시 펜팔로 알게 되었던 나의 첫사랑, 핸드폰이 없던 시절이라 일주일에 한 번씩 편지를 주고받다가 계절이 바뀔 때면 그 애는 서울로 올라오고 나는 부산으로 내려갔다. 그렇게 4년을 머나먼 길을 오가면서 사랑을 가꾸었지만 첫사랑이란 이름표로 마침표를 찍게 되었다.

몇 십 년이 흐른 지금 떠올려 봐도 그의 얼굴이 기억나질 않는다. 그런데 지금은 없어진 비둘기호 열차 안 풍경과 태종대 자갈밭이나 해운대의 기억은 생생하다. 사실, 그 당시는 주변 풍경에 그리 관심이 없었다. 오로지 그리웠던 그의 얼굴만 봐도 가슴이 콩콩 뛰었으니까 말이다. 그렇게 애틋했던 사랑도 인연의 끈이 끊기면서 풍경만 남고 사람은 사라진 것이다.

그래서 우리는 상실의 고통을 이겨 내고 또다시 새로운 사랑을 받아들이고 그 속으로 빠지지 않나 싶다. 그러나 사랑이 현재 진행형일 때, 여전히 풍경은 사람을 위한 배경일 뿐이다. 지금 내가 사랑하고 있는 사람, 지금 내 가슴을 연둣빛으로 물들이는 사람. 그 사람이 제일 멋진 사람이라는 걸 말해 주듯 말이다.

그대를 만나러 갑니다

한껏 물오른 벚꽃이 바람결에
분홍비가 되어 머리 위에 화관을 씌우고
가슴에서 툭 떨어져 나온 그리움이
민들레 우체통을 하나둘 세울 때면
그대를 만나러 갑니다

시린 겨울이 막을 내리고
응달진 그늘의 잔설도 떠나가고
뽀샤시한 속살을 수줍은 듯 드러낸 봄이
낡은 담벼락에 서서 숨을 고를 때면
되살아나는 오래된 추억들…

잊는다 하면 불거지고
지운다 하면 더욱 선연해져
하 세월 기다림이 만든 마음의 창가에
직박구리가 찾아와 안부를 물을 때면

그대를 만나러 갑니다

한 번도 본 적이 없는 또 다른 봄
단 한 번 품을 수 있는 시간의 여백에
생애 가장 싱그러운 해후를 위해
가슴속 먼지를 올올이 닦아 내고
그대의 숨결을 이식합니다

이미 바람이 깊게 들어 버린
제비꽃과 개나리 그리고 진달래와 함께
콧노래 흥얼대며 걷다가 쉬다가
늘어선 나무들에게 윙크를 건네며
이제 그대를 만나러 갑니다

이른 봄날, 직박구리 한 마리가 발코니 난간에 앉았다. 그 모습이 신기하고 예뻐 살금살금 다가가 카메라를 켜는 순간, 허공 속으로 유유히 날아가 버린다. 사랑도 꼭 잡으려 하면 떠나 버리는 것처럼….

잔설이 간간이 남아 있는 들판의 누런 풀잎 사이로 모가지를 길게 내밀고 있는 꽃들이 윙크를 해 댄다. 색색의 화장을 하고 모습을 드러낸 제비꽃과 꽃마리, 개나리와 진달래의 표정을 보면 마치 농익은 여인의 모습처럼 요염하다.

'세상 구경을 해서일까?
아니면 사람들의 시선이 좋은 걸까?'

한껏 뽐내고 싶어 하는 그 몸짓이 꽃무늬 미니스커트를 입고 엉덩이를 살랑대는 바람난 처녀처럼 사랑스럽고 달콤하게 느껴진다. 추운 겨울을 잘 견디었다고 스스로에게 건네는 위로의 웃음인지도 모르겠다.

봄은 매년 찾아오지만 나에게는 한 번도 본 적이 없는 색다른 봄이다. 그렇게 시선이 머무는 곳마다 꽃향기가 흩날리는 거리를 걸으며 문득 오늘만큼은 나도 그에게 꽃이 되겠다는 다짐을 한다. 내 가슴에 봄꽃의 모습을 이식하면 표정에도 말에도 은은한 향기가 날 테니까 말이다.

여자는 그렇다. 사랑하는 사람 앞에서는 가장 예쁜 꽃으로 피고 싶은 것이다. 구름도 시냇물도 바람도…. 꽃향기를 뿌린 듯 코끝이 간질거린다. 이 모두가 그대를 만나러 가는 길이기 때문일 듯 싶다.

사랑은

사랑은 가로등이다
기쁨과 아픔 사이에 있어
한쪽이 밝아지면 한쪽은 어두워지는
그리하여 두 개의 감정 길을
끝없이 오르내리는

사랑은 계절이다
봄인가 하면 여름이고
가을인가 하면 겨울이 되어 버리는
그리하여 시간의 흐름 속에
소리 없이 익어 가는

사랑은 노을이다
저녁이면 석양이 되었다가
아침이면 빛살로 눈부시게 피어나는
그리하여 햇빛으로 열정을 태우다

별빛으로 그리움을 쓰게 하는

사랑은 바람이다
실바람으로 살며시 다가와
폭풍이 되어 몸과 마음을 몰아치다가
그리하여 올올이 비워 내고서야
눈이 밝아지고 귀가 열리는

"사랑은 스스로 고뇌하든지, 그렇지 않으면 타인을 괴롭히든지 그 어느 편도 없이 연애라는 것은 존재하지 않는다."

H. 레니에의 사랑에 관한 명언인데, 곱씹을수록 공감이 가는 말이다. 사랑에 있어서 평등한 관계는 없다. 성이 다르고 욕망이 다르고 바라보는 세계가 다르고 감정의 물길이 다르고 온도 차가 다르기 때문이다.

서로가 맞추어 간다고 해도 더 힘들거나 덜 힘들거나 더 행복하거나 덜 행복하거나 하는 감정의 시소게임은 사랑을 하는 동안 계속된다. 어떤 관계는 여자가 집착하고 어떤 관계는 남자가 집착하고 어떤 사람은 이별을 흔쾌히 받아들이고 상처도 잘 치유하지만 어떤 사람은 이별로 인해 자살하거나 살인까지 저지르는 끔찍한 일도 발생한다.

그렇게 사랑의 시작은 실바람처럼 가볍게 다가온다. 시간이 흐르면서 몸과 마음에 깊숙이 스며든 사랑을 빼는 일은 폭풍우가 몰아치는 들판에 알몸으로 서 있는 시간을 견뎌 내야 한다. 그래서인지 사랑에 있어 아름다운 이별은 없다. 다만 상대나 자신을 덜 힘들게 하는 이별은 선택할 수 있다. 고통스럽지만 조금씩 받아들이는 일이다.

마음이 떠난 사람을 붙잡는다는 것은 흘러간 물을 되돌리는 일처럼 어렵고 어리석은 일이다. 그것은 내 의지대로 할 수 없기 때문이다. 가는 사람을 잡기 위해 매달리는 동안 오늘이라는 시간을 갉아먹고 상처를 후벼 파면서 꿈과 의욕까지 잃어버리게 된다. 그래서 이별이 생살을 도려내는 듯한 고통이라 해도 상대의 이별 선언에 시원하게 동의하는 사람만큼 멋진 사람은 없다.

그러고 보면 사랑한다는 것은 진행 중일 때도 스스로 고뇌하는 일이고, 마침표를 찍는다 해도 사리를 만드는 시간을 견디는 일이다. 그런 사람만이 사랑을 잃은 후 다시 사랑을 얻을 수 있다.

나는 당신입니다

사람을 말하려면
입술을 꼭 다물어야 하고
사랑을 말하려면
입을 크게 열어야 하듯
사랑은 사람의 마음을 열게 합니다

사람의 모난 받침을
정성으로 갈고닦으면
사랑이란 둥근 받침으로 변하듯
사랑은 사람의 모습도
근사하게 바뀌게 만들어 줍니다

결국 사랑은
사람 속에서 꽃피우고
사람 또한 사랑 속에서
튼실한 열매를 거두게 됩니다

지금 내 모습이
꽃처럼 보이는 것은
그대가 내 안에 있기 때문입니다
나는 당신입니다

거울 앞에 앉아 화장을 하는데 얼굴이 유난히 반짝거린다. "뭐, 이 나이에 이 정도면 아직 살아 있네!"라는 말이 자연스럽게 튀어나오니 말이다. 눈은 웃고 있고 입꼬리는 자꾸 올라가고 두 뺨은 홍옥처럼 발그레하다. 그리운 사람을 떠올리면 무표정했던 얼굴에 꽃이 핀다. 그래서 사랑은 사람의 마음을 활짝 열게 하는 것이겠지 싶다.

아무리 많은 물질을 갖고 성공 가도를 달리고 있다 해도 마음을 나눌 사람이 없다면 얼마나 쓸쓸하겠는가? 사랑의 속성도 그렇다. 그 고운 빛깔을 담아 주는 사람이 없다면 사랑도 조금씩 시들어 가듯, 사람은 사랑을 품고 살아야 순수하고 따뜻한 마음을 간직할 수 있는 것이다.

"행복이라 불리는 것 중에는 반드시 사랑이 포함되어 있다.
아니, 사랑이야말로 행복 그 자체다."

수사학의 대가인 비트겐슈타인의 이 말은 세상 모든 사람들이 꿈꾸는 행복한 삶은 결국 사랑이 없이는 허상이라는 뜻이 아닐까 싶다.

사랑을 하면서도 아프고 힘들다는 것은 사랑의 가면을 쓰고 욕심과 집착이라는 때를 닦아 내지 못하기 때문이다. 사랑의 본질은 소유가 아니라 존재로서 감사하게 되고, 집착이 아니라 자유를 허용하는 것이다. 사람이 꽃보다 아름답게 보이는 것은 그런 그대가 마음 안에 머물고 있기 때문이다. 그때 당신은 내가 되고 나는 당신이 된다.

내가 생각하는 너는

내가 생각하는 너는
봄날 살랑거리는 꽃잎이기보다
여름날 땡볕을 막아 주는 숲이었음 좋겠다

내가 생각하는 너는
여름날 몰아치는 장대비이기보다
가을을 영글게 하는 단비였음 좋겠다

내가 생각하는 너는
가을날 흩날리는 낙엽이기보다
겨울을 지탱해 주는 햇살이었음 좋겠다

내가 생각하는 너는
겨울을 울게 하는 살얼음이기보다
봄날 꽃씨를 퍼트리는 훈풍이었음 좋겠다

내가 생각하는 너는
봄, 여름, 가을, 겨울
행복이란 제목의 퍼즐을 만들게 하는
그런 사람이었음 좋겠다

가끔 퍼즐을 맞출 때가 있다. 퍼즐이 주는 매력은 마지막까지 설렘과 기대의 끈을 놓지 않게 한다는 것이다. 한번 빠지다 보면 잡념이 없어지고 몰입하게 만들어 마음까지 편안해진다.

우리가 하는 사랑도 퍼즐처럼 잘 맞추어 가면 다름에 대한 갈등도 불화도 잘 이겨 내지 않을까 싶다. 퍼즐을 한 조각 두 조각 끼워 가며 형태를 완성해 가듯 사랑도 서로에 대한 설렘과 기대를 갖고 믿음이란 퍼즐을 맞추어 간다면 둘만의 아름다운 정원이 펼쳐질 것이다.

하루에도 오만 가지 생각을 하는 마음만큼이나 우리의 삶에도 날씨만큼 예측할 수 없는 일이 벌어진다. 행복이란 것은 좋은 일이 생겨서가 아니라 좋은 일이 생길 것이라는 희망에서 나오는 것이다. 어떤 일에 대한 결과가 아니라 과정을 즐길 수 있어야 소소한 기쁨을 놓치지 않게 된다.

혹여 나쁜 일이 생겼다 해도 잘 풀릴 거라는 믿음이 있으면 우리 삶은 여전히 행복하게 흘러간다. 중요한 것은 설렘과 희망을 내려놓지 않는 것이다. 누군가를 사랑하는 일도 그렇다. 더 이상 아무런 기대도 없고 설렘도 없는 사람에게는 마음의 방이 차가워지고 문은 열릴 기미가 보이지 않는다.

내가 생각하는 너는 숲길 같은 사람이라는 기대나 단비 같은 사람이라는 설렘을 품고 있으면, 또 그렇게 느껴지게 된다. 이 시는 내가 생각하는 너를 위해 썼지만, 사실은 내가 원하는 나인지도 모른다. 누군가에게 사계절 내내 행복이란 퍼즐을 맞추게 하는 사람. 생각만 해도 얼마나 근사한 일인가? 또 그렇게 살려고 노력하는 일은 얼마나 눈물겨운 일인가?

물길과 꽃길

사랑한다는 건
무조건 주는 것이 아니라
상대의 허물조차 받아들이는 것
그리하여 서로의 가슴에
물길이 생기는 것

사랑한다는 건
닮아 가는 것이 아니라
상대의 다름을 인정해 주는 것
그리하여 서로의 가슴에
꽃길이 생기는 것

물길과
꽃길이 만나
걸으며, 쉬며, 토닥거리며
눈멀고 귀먹어도

함께하는 것

노희경 작가는 책《사랑하지 않는 자 모두 유죄》에서 이렇게 말한다.

"내게 사랑은 쉽게 변질되는 방부제를 넣지 않은 빵과 같고 계절처럼 퇴색하며 늙은 노인의 하루처럼 지루하다."

그녀는 그런 자신의 생각을 통해 그리워하는 이도 보고파 하는 이도 없이 자신을 지키느라 나이만 먹었다는 말로 '사랑하지 않는 자는 유죄'라고 선포했다.

내게 있어 사랑하는 일은 가슴에 꽃길과 물길을 만드는 일이었다. 그러나 대가(代價)가 있다. 허물과 다름을 받아들이고 기다려야 하는 대가를 지불할 때 생기는 길이기 때문이다. 그래서 사랑은 기쁨과 동시에 아픔이고 희망과 동시에 절망도 안겨 준다. 마음을 다했던 내 첫사랑이 그랬고, 사랑과 전쟁 드라마를 찍었던 결혼 생활과 이혼이 그랬다.

어쩌면 사랑은 내게 "사랑하는 자 모두 유죄"처럼 사랑한 분량만큼의 아픔과 치유의 시간을 보내게 했다. 그럼에도 불구하고 나는 여전히 사랑을 갈망하는지도 모르겠다. 사랑으로 인해 감내해야 할 대가보다 사랑이 주는 설렘이나 감동이 내 삶을 더 아름답고 풋풋하게 만들고 있다는 확신 때문이다.

설렘이 없는 무심한 삶보다 그리워 애가 타는 시간이 있었기에 내 안의 나와 연애를 즐기게 되었다. 그렇게 외로움과 즐기기 위해 시를 쓰고 여행을 하면서 스스로에게 위로와 휴식을 주고 싶었는지도 모른다. 현실은 시가 아니고 사랑은 그림이 아니라 해도 시처럼 그림처럼 살고자 노력할 때, 삶은 빛 고운 옷을 입고 싱그러운 향수를 뿌려 준다.

어떤 것을 자주 떠올리다 보면 그것이 사유(思惟)와 지각의 원천이 되어 준다. 믿음과 확신대로 흘러가는 것이 마음이 작동하는 방식이기 때문이다.

당신은 그런 사람입니다

내 마음 정원에 꽃이 지고
어둠이 내리면 살그머니 다가와
별들의 이야기를 놓고 가는
당신은 그런 사람입니다

육신이 파김치처럼 늘어지고
찬바람이 휘감을 때면 가만히 다가와
해꽃 한 무더기 놓고 가는
당신은 그런 사람입니다

덧없는 인생길에
둘러봐도 아무도 없을 때
울적한 기분이 파편처럼 파고들어
하루를 휘청거리게 만들 때

다시 마음 추슬러

심장을 뜨겁게 데우다가
혈관에 피돌기를 맑게 만들어 주는
당신은 그런 사람입니다

육신이 파김치처럼 늘어질 때 해꽃 한 무더기 살며시 놓고 가는 그런 사람을 가지고 있다면 그보다 더 행복한 일이 있을까? 외로울 때면 별들의 이야기를 들려주고, 삶이 시들해질 때면 꽃처럼 다가와 차가워진 심장을 데우면서 찐득해진 혈관을 말끔히 청소해 주는 사람….

내가 아는 당신이 그런 사람이길 원하지만 어쩌면 내가 바라는 나의 모습에 대한 소망이다. 사람과 사람의 관계 속에는 서로가 만들어 가는 스토리가 들어 있다. 그 스토리가 빚어내는 모습엔 그 사람의 철학과 가치관과 지향점이 녹아 있기 때문이다.

그것의 공통점이 많다면 관계가 견고해질 것이고, 다르다면 흔들리다가 관계의 문을 닫게 된다. 초록동색(草錄同色)이나 유유상종(柳柳相從)처럼 사람들은 비슷한 사람끼리 만나 서로 물들고 닮아 갈 수밖에 없기 때문이다.

사람과의 만남이 좋은 인연으로 이어지려면 그 인연에 대해 책임을 져야 한다. 멋진 사람을 선택해야 하는 것과 내가 더 멋진 사람이 되어야 하는 것이다. 선(善)은 악에 물들기 쉽고, 악(惡)은 선을 지배하기 쉽다. 그만큼 나쁜 것을 좋게 물들이려면 선이 몇 배는 강해야 한다는 의미이다.

사람 또한 그렇다. 내가 나쁜 사람에 빠지지 않으려면 세상을 보는 시선과 선에 대한 신념과 가치가 확고해야 한다. 그래야 울적한 기분에 하루가 휘청거려도 허욕의 늪에 빠지지 않게 된다.

어둠이 내리면 살그머니 다가와

별들의 이야기를 놓고 가는

당신은 그런 사람입니다

그렇게 오시면 안 될까요

황량한 내 뒤란에
조건 없이 찾아 주는 햇발처럼
찬연한 아침을 함께 볼 수 없는 인연이라 해도
잔설이 사라지면 산수유꽃 소식이 들리듯
그냥 그렇게 오시면 안 될까요

석양이 내려온 강가의 매점에서
자판기 커피나 컵라면으로 허기를 때워도
홍소(哄笑)를 터트리게 만드는
한 사람이 그대인 걸요

늘 웃자라는 허욕을
부끄럽게 만드는 저 들꽃처럼
순백한 모습으로 함께 걸어갈 수 없다 해도
긴 겨울잠을 깨워 주는 봄비가 되어
그냥 그렇게 오시면 안 될까요

생각이 행동을 통제하지 못하고
저잣거리에서 떠돌며 흐느적거릴 때도
마음에 꽃씨를 뿌리게 하는
한 사람이 그대인 걸요

인디언들이 기우제를 지내면 꼭 비가 내린다고 한다. 비가 올 때까지 지내기 때문이다. 희망이 현실로 되는 것은 단순히 어떤 일을 이루고 싶거나 하기를 바라는 마음에서 되지는 않는다. 결국은 희망을 포기하지 않고 원하는 일을 계속 밀고 나갔기 때문에 가능한 것이다.

아무것도 하지 않으면 아무것도 일어나지 않는다는 말이 있다. 우리 삶에 희망을 내려놓아서는 안 되는 이유가 거기에 있다. 희망을 품지 않는다면 결국 아무것도 일어나지 않기 때문이다.

그러나 사람에게 거는 희망이나 기대는 좋은 결과만 부르지는 않는다. 기대가 크면 실망도 크다는 말이 있다. 그렇다고 아무런 기대나 희망을 걸지 않게 되면 또 무의미한 관계가 될 수밖에 없다. 때문에 우리는 기대를 거는 만큼 실수나 단점에 대해서도 품어 줄 수 있어야 한다.

결국 희망이나 기대가 좋은 결과로 이어지려면 비움과 기다림이라는 시간을 공유해야 한다. 비워야 할 것을 비우지 못하고 채우고 싶은 욕망만 앞서거나 기다림을 견디지 못하는 높은 기대는 자신과 타인을 무기력하게 만들고 결국 상처만 남게 만든다.

4월의 햇살 맑은 오후, 옥상 테라스에서 마시는 아메리카노 향이 목구멍을 알싸하게 한다. 봄은 그렇게 한 잔의 커피에도 설렘과 그리움을 녹아들게 하는지 가슴에서 꽃바람이 일어난다. 핑크빛 봄과 금빛 햇발이 어우러진 봄날은 이따금 가슴속 깊이 간직한 그대를 자꾸만 불러내게 만든다.

계절과 계절 사이, 하루와 하루 사이, 기쁨과 슬픔 사이를 오르내리다 몸과 마음이 지칠 때면 생각만 해도 희망과 되는 사람은 빛바랜 가슴을 오색으로 물들인다. 산수유꽃 소식처럼, 봄비처럼 그렇게 왔으면 얼마나 좋을까 생각해 보지만 기대를 접는다. 현실보다 기대가 높아지거나 사람보다 희망이 더 앞서가면 서로가 힘들기 때문이다.

찬연한 봄날을 함께 볼 수 없다 해도 떠올리면 홍소(哄笑)를 터트리게 하는 사람, 황량했던 마음의 텃밭에 꽃씨를 뿌리게 하는 사람, 자꾸만 불거지는 허욕이나 자꾸만 웃자라는 허무감이 뇌리를 짓누를 때 또다시 비우게 만들고 생기를 충전시키게 하는 사람. 그런 사람이 있어 우리의 봄은 늘 눈부시게 피어난다.

3부

사랑, 그 가슴 시린

사랑해도 될까요

그대는
오늘도 문을 닫고
나는 또 열었습니다
얼마나 이 일을
반복해야 합니까

그대가
다시 문을 열 때쯤이면
나는 커다란 자물쇠를 채웁니다
다듬지 못한 말들이
쏟아져 나오면 어찌합니까

오늘도
그대가 문을 닫을 때쯤
살며시 바람에게 쪽지를 전합니다

그대여

사랑해도 될까요

이루어질 수 없는 사랑의 전생이 꽃이었다면 꽃무릇이나 상사화가 아니었을까 싶다. 잎이 지고 나면 꽃이 피는 것처럼 이 꽃들은 한 몸에 있음에도 서로가 서로를 만날 수가 없다. 그래서인지 꽃무릇이나 상사화를 볼 때면 그 꽃들의 애타는 전설이 그려진다. 남녀가 사랑을 하고 있어도 그 깊이와 양, 스며드는 시간과 빛깔, 지각하고 표현하는 방법이 다르기에 애가 탈 수밖에 없다.

사랑을 주제로 한 노래나 영화나 시에서 흐르는 스토리가 기쁨과 평화보다는 갈등과 아픔, 상처와 이별, 기다림과 그리움이 담겨 있는 경우가 많은 것 또한 안타까움과 애절함이 주는 여운이 더 깊어서인지도 모르겠다. 떠나고 난 뒤에야 그 사랑의 깊이를 깨닫거나 많은 아픔을 겪고 나서야 더 견고해지는 것을 볼 때면, 사랑은 왜 그리 힘들고 아프게 하는 건지….

들길에서 흔히 만날 수 있는 세 잎 클로버처럼 흔하고 흔한 것이 사랑이라지만, 그 사랑이 내게로 오는 길은 네잎클로버를 찾는 것처럼 좁고 비탈진 에움길이다. 그렇게 힘들게 길을 찾아 당도한 사랑의 성 앞에서 다시 마음의 방으로 들어가기까지 또 얼마나 기다리고 애태워야 하는지 가슴 시린 사랑을 해 본 사람들은 알 것이다. 그래도 그 사랑이 있어 민들레 홀씨처럼 봄을 부르고 별빛처럼 어둠을 빛나게 해 주었다면 사랑은 그것으로도 족할 듯싶다.

마음과 마음에서 꽃을 피우는 일이나 열매가 열리는 시기가 같다면, 사랑의 존귀함이나 사랑의 위대함이란 말은 나오지 않았을 것이다. 황금이나 다이아몬드가 귀한 것은 흔하지 않기 때문이다. 어쩌면 내가 찾고 그리고 싶은 사랑도 너무 귀하고 소중해서일까? 왜 그렇게 숨바꼭질을 하는 것인지….

들꽃

폭풍이 몰아쳐
모두가 훌쩍 떠난 자리에도
눈부시게 핀 들꽃

그 꽃잎 속에
선연하게 보이는 얼굴 하나
아하, 당신이군요

그래서였나 봐요
들꽃을 보면
가슴이 뭉클해지는 것이

황량한 들판 돌무덤 옆으로 핀 이름 모를 노란 꽃이 발걸음을 멈

추게 만든다. 양지꽃일까? 애기똥풀꽃일까? 바람이 지나간 자리, 아무도 찾지 않아도 들꽃은 때가 되면 조용히 그리고 환하게 제 모습을 드러낸다. 그 들꽃을 쪼그리고 앉아 한참을 보고 있노라니 마음에 꽃물이 스며드는 느낌이다.

'들꽃이 그대를 닮았을까? 그대가 들꽃을 닮았을까? 들꽃을 보면 가슴이 따뜻해지고 뭉클해지는 것은 왜일까?'

매번 같은 풍경을 보고 같은 꽃을 보는데도 볼 때마다 그 느낌이 다른 것은 마음이 제자리에 머물지 못하고 있기 때문일 듯싶다.

똑같은 풍경이라 해도 기쁜 마음으로 보는 것과 우울한 마음으로 보는 것은 다른 풍경으로 와 닿는다. 들꽃을 보고 무심히 지나가거나 혹은 짓밟고 지나칠 때가 있다. 아무 생각이 없을 수도 있고 마음에 여유로움이 없어서일 수도 있다. 그러나 더 중요한 것은 사랑이 부재중일 때가 많다는 것이다.

사랑이 가슴에서 꽃망울을 터트릴 때면 낮은 자리를 돌아보게 되고 흔한 풀꽃마저 사랑스럽고 귀하게 보인다. 소소한 일상이나 담벼락의 낡은 벽화나 돌 무덤가에 앉은 햇발이나 길가의 커피차가 낭만적으로 느껴지는 것은 마음에 감성과 사랑의 물길이 흐르고 있다는 것이다. 그래서 인생을 조금 더 따뜻하고 풍요롭게 가꾸려면 사람이든 일이든 취미 생활이든 식물이든 사랑에 빠지면 된다.

낮은 자리에서도, 아무도 찾지 않아도 고고하게 제빛을 발하는 들꽃 속에 그대를 심어 놓고 바람 편에 안부를 전해 본다. 들꽃처럼 살다 가는 인생도 괜찮을 듯싶다. 그렇게 살 수 없다면 들꽃을 사랑하면 되지 않을까 싶다. 들꽃을 사랑하고 또 사랑하다 보면 언젠가 그 모습을 닮아 있지 않을까.

꽃길에 뿌려진 시

가끔은 아프다
가끔은 흔들린다
가끔은 미치도록 그립다
가끔은 울고 싶다

길이 촉촉하다
길에서 고운 향기가 난다
누가 뿌린 눈물일까
누가 놓고 간 손 편지일까

못다 했던 고백
청춘을 뜨겁게 지피고도
사랑의 묘혈을 파야 했던 아픔이
꽃길에 피어난 것일까

그리움도 상처도 잘 익으면

길이 되고, 꽃이 되고,
바람이 되고, 시가 되는구나

그래, 사랑뿐이다
우리는 사랑을 해야 한다
사는 날까지…

아무런 이유 없이 마음이 아플 때가 있다. 애써 우울한 마음의 근원을 찾으려 해도 뚜렷한 이유가 없다. 밥맛도 없고 운동하기도 싫고 일하는 것도, 사람 만나는 것도 싫다. 이럴 때 사람들은 우울감이 들거나 살짝 미치는 게 아닐까 싶다. 사람이 가장 힘들 때가 완전히 미치기 전일 듯싶다.

자살을 하는 사람들은 어떤 심정일까? 그런 시도를 해 본 적이 없기에 그 처절한 마음을 읽기가 쉽지 않다. 사랑보다 이별이 길었고 기쁨보다 슬픔이 많았던 내 삶도 결코 순탄치 않았지만, 높은 곳에 올라가 죽을 생각을 하거나 손목을 칼로 그어 봤거나 수면제를 먹거나 한 적이 한 번도 없었다.

결혼 생활이 파탄 나고 성업 중이던 어린이집을 타인에게 넘겨야 했고 40대 초 반에 다시 시작했던 미술학원이 운영난에 문을 닫아야 했다. 그 당시 내 손엔 빚만 쌓여 결국은 신용불량자가 되었고 수년에 걸쳐 돈을 갚아야 했었다. 그때도 나는 새로운 도전을 위해 밤낮을 뛰어다녔고, 40대 후반부터는 웃음과 행복 강사로 자리 잡으며 대학평생교육원과 기업이나 단체에 많은 러브콜을 받는 등 하루하루가 선물 같은 날들이었다.

모든 것을 잃었을 때 방법은 하나밖에 없었다. 현실에 일어난 일을 받아들이는 일이었다. 스토아철학의 핵심 교리는 "바꿀 수 있는 것을 바꾸고 바꿀 수 없는 것을 받아들여라."고 한다. 또 에픽테토스는 말한다.

"홀로 있을 때 느끼는 고독에 평온함이라는 이름을 붙이고 사람들이 붐비는 장소에 가면 그 상황에 축제라는 이름을 붙여라."

에픽테토스는 이왕 바꿀 거라면 내 마음이 즐거울 수 있도록 바꾸는 것이 좋다고 한다. 그러나 바꿀 수 없다면, 우리가 할 수 있는 일은 그저 받아들이는 일뿐이다. 받아들이되 너절하고 처절한 것이 아니라 품위 있게 받아들일 수 있도록 내공을 쌓아야 한다.

겨울이 가면 봄이 오듯 어둠 끝에 새벽이 오듯, 아픔을 견디고 기다림을 즐기면 인생을 대하는 시선이 깊고 넓어진다. 그리움도 상처도 잘 익으면 노래가 되고 길이 되고 시가 되니까 말이다. 그렇게 삶이 외롭고 지칠 때마다 나는 시(詩)를 썼다. 시와 연애를 했고 잠 못 드는 밤이면 시와 정사를 나누었다.

사랑과 이별을 통해 배운 것은 결국 자신을 사랑해야 한다는 것이다. 홀로 있는 외로움조차 자유로운 영혼을 위한 값진 시간이었다는 것이다.

꽃비가 내리면 나는 편지가 됩니다

고사목(枯死木)이 돼 버린 줄 알았어요
작은 꽃씨 하나 틔우지 못할 거라 생각했어요
그런데, 꽃잎이 분분하게 흩날리면
목말랐던 가슴속 언어들이
제철을 만난 듯 튀어나오는 걸 어찌해요

겨울새처럼 떠나갔던 영상이
쓸쓸한 내 이불 속으로 파고 들어와
어떤 날은 노래가 되어 주고
어떤 날은 꿈이 되어 줄 때마다
나는 또 백치가 되어 버려요

어찌해야 할까요
이 일을 어찌하면 좋을까요
돌무덤이 쌓여 풀 한 포기 없던 그 자리에
콘크리트 블록처럼 굳어 버린 그 자리에

삐죽삐죽 돋아나는 그리움을

긴 질곡의 세월 속에서도
매장되지 않았던 기억의 편린(片鱗)들이
꽃비가 되어 내 몸을 적시면
나는 어느새 편지가 되고 말아요
혹, 당신의 문은 열려 있나요

4월 어느 날 오후, 비처럼 떨어지는 벚꽃이 내 몸을 휘감는다. 공원 사이로 난 길은 분홍빛 주단을 깔아 놓은 듯 눈부시게 펼쳐지고, 앞서서 걷고 있는 연인들의 뒷모습이 캔버스 속의 그림처럼 보이기도 한다. 잔주름 송송한 나이가 되었어도 이렇게 꽃비가 흩날리는 날이면 가슴에선 달그락거리는 소리가 나고 그리움이 새순처럼 삐죽삐죽 돋아나는지 모르겠다. 봄은 그렇게 농익어 버린 여인의 마음을 바람난 여자로 만들려는 듯 자꾸만 유혹의 몸짓을 해 댄다.

청춘의 묘혈을 팠던 사랑도 한때고 그리움조차도 고사목이 되어 버렸는데 말이다. 그렇게 뜨겁게 휘몰아쳤던 사랑이 끝나고 로맨티시스트(romanticist)에서 휴머니스트(humanist)로 살고자 했다. 신비함과 환상적인 사랑에 취해 보헤미안처럼 낯선 거리를 헤매는 일은 그만하자고 말이다. 그렇게 존재의 가치와 인간애(人間愛)로 시선을 넓혀 갔던 하 세월이었다.

그런데 돌무덤 가에 꽃이 피어나면서 잊힌 그리움이 삐죽삐죽 돋아나기 시작한다. 정신이 혼미할 정도로 분분(芬芬)하게 흩날리는 꽃비를 맞으며 듣는 노랫말이 모두 내 이야기 같다. 꽃이 바람난 건지 내가 바람난 건지 헷갈리게 만드는 4월이면 꽃비가 내 영혼 속에 들어와 갈 길을 또 잃어버리고 만다.

흔들린다는 건

풀들이 흔들리는 건
중심을 잡기 위해서이고
내가 흔들리는 건
중심을 잡기 싫어서이다

바람이 흔들리는 건
존재를 잊으려는 뜻이고
내가 흔들리는 건
존재를 잊을 수 없어서이다

아, 흔들린다는 건
풀들은 살고 싶다는 것이고
바람은 흔적을 지우려는 것이고
나는 아직도 사랑한다는 뜻이고
더 깊게 뿌리내리고 싶다는 것이다

석양이 내리는 강물을 보고 있거나, 벚꽃이 분분히 흩날리는 봄날 거리를 걷거나, 비 오는 날 애절한 발라드를 듣거나, 눈꽃이 함초롬히 피어난 들판에 서 있다 보면 잔잔한 물결에서 부터 거센 파도가 일어나는 가슴을 만난다.

햇살 반짝이는 날은 눈이 부셔서, 흐린 날은 흐린 대로, 비 오는 날은 비가 와서, 함박눈 쏟아지는 날은 겨울 왕국을 보면서 기쁨과 슬픔의 물결이 번갈아 가며 요동친다. 그렇게 우리는 시시때때로 흔들린다.

"흔들리는 건 잘 살고 싶다는 거야.
아니, 잘 살고 있다는 증거야."

그렇게 자신에게 위로를 건네지만, 가슴 깊이 알싸하게 휘몰아치는 비감(悲感)은 누구도 채워 줄 수 없는 나의 몫이다. 흔들린다는 것은 오롯이 나의 문제이고, 평생 짊어져야 할 내 생의 무게이고 품고 가야 할 벗이기도 하다.

그렇게 생은 외로움과 싸우며 마음을 다잡다가 또 흔들린다. 어쩌면 흔들린다는 것은 여전히 멋지게 살고 싶고, 더 뜨겁게 사랑하며 뿌리내리고 싶은 간절한 바람의 표현인 것이다.

당신은 누구십니까

보일 듯 보이지 않는
그러나 내 영혼을 적셔 주고 있는
당신은 누구십니까

잡힐 듯 잡히지 않는
그러나 내 육신을 동여매고 있는
당신은 누구십니까

바치고 싶은 노래는
바람이 앗아 가게 만들고
전해야 할 숱한 이야기들은
만삭의 보름달을 불러 떠들게 만드는

꺼질 듯하다가도 다시 피어나고
사라질 듯하다가도
다시 오감을 깨우게 하다가

이 참혹한 그리움으로
시를 쓰게 만드는
당신은 도대체 누구십니까

"너에게로 가지 않으려고 미친 듯 걸었던 그 무수한 시간도 실은 네게로 향한 것이었다. 사랑에서 치욕으로 치욕에서 사랑으로 하루에도 몇 번씩 네게로 드리웠던 두레박, 나의 생애는 지름길을 돌아서 네게로 난 단 하나의 에움길이었다."

나희덕의 시 〈푸른 밤〉의 이 짧은 구절 속에 시인의 사랑에 대한 전 인생이 녹아난 듯 가슴이 먹먹해진다.

누군가를 사랑하는 마음이, 내 바람처럼 흘러간다면 뭐가 그리 안타까울까? 사랑은 떠나갔는데 마음은 사랑의 성에서 나오지를 못하고 있다. 만삭의 보름달과 떠들어야 하는 숱한 날들을 보내며 다시 잠잠해질 듯하면 오감을 깨우는 그리움….

그 참혹한 그리움으로 시를 쓰다가 잠이 들면 꿈결에서 해후했던 그 사람의 체온이 남아 몽롱한 아침을 맞이하길 얼마나 반복했던가? 사랑에서 치욕으로, 치욕에서 다시 사랑으로 빚어낸 에움길을 걸으며 보냈다 해도 그 시간들이 있었기에 더 깊고 넓은 시선으로 생을 볼 수 있는 것이 아닌가 싶다.

그렇게 우리는 사랑의 아픔을 처절하게 겪고도 여전히 사랑을 갈망한다. 왜 그럴까? 어쩌면 사랑을 잃고 사는 것보다 아픔을 견디는 일이 더 쉽기 때문이 아닐까 싶다. 가질 수 없고 함께할 수 없다 해도 그리운 사람이 있다는 것은 마음의 등불이 되고 생의 파랑새가 되어 주기 때문이다.

"가질 수 없고 함께할 수 없다 해도

그리운 사람이 있다는 것은

마음의 등불이 되고 생의 파랑새가 되어 준다."

바보

가슴이 출렁거려요
청춘을 뜨겁게 불사르고도
묘혈을 파는 그리움에
호수가 생겼나 봐요

만삭의 달이었나 봐요
눈부신 날엔 멀찌가니 숨었다가
어둠속에 소리 없이 나타나
백야가 되어 버렸어요

아, 사랑초였어요
그대의 빛살이 되고 싶어
뼈와 살과 혼을 산산이 녹이고도
아픈 줄 몰랐던 바보였어요

아무리 생각해도

나는

멀쩡한 사람이 바보처럼 살기는 쉽지 않다. 그런데 그 멀쩡했던 사람이 바보처럼 바뀔 때가 있다. 사랑에 푹 빠지면 그렇다.

"사랑은 끝없이 구걸하는 거지 같다."

어디선가 읽은 글귀인데, 누군가를 깊이 사랑하면서부터 상대의 표현 하나하나에 냉탕과 온탕을 오가면서 관심과 표현에 목말라한다는 말이 아닐까 싶다. 그러한 몸짓에도 불구하고 무심한 사람에게 자꾸만 빠져드는 것은 스스로의 힘으로도 제어되지 않을 만큼 뼛속으로 깊이 스며들었기 때문일 것이다.

사랑이라는 마술에 걸려들면 그렇게 당당한 사람도 유능한 사람도 바보가 되기 마련이다. 그것은 나이를 떠나 전 세대에 걸쳐서 그렇다. 다만 그 증상이 성격에 따라, 만나는 상대에 따라, 상황에 따라 살짝 미치거나 아주 미쳐 버리거나 하는 차이가 있을 뿐이다. 사랑에 제일 힘든 것은 살짝 미치는 것이 아닐까 싶다.

아예 미쳐 버리면 누구의 말도 누구의 시선에도 휘둘리지 않으니 말이다.

물론 서로가 미친 상태로 계속 만나거나 살면 좋겠지만 사랑의 마약 성분은 시간이 지나면서 떨어진다. 어느 한쪽이라도 제정신으로 돌아오면 환상은 깨지게 된다. 정신이 깬 사람은 여전히 정신 줄을 놓고 있는 사람이 이해되지 않는다.

"내가 사랑한 사람이 이런 사람이었어?"

이제 서로 이해하는 것도 이해받는 것도 힘들어진다. 서로의 정신 상태가 달라졌기 때문이다. 그럼에도 불구하고 우리 인생에서 사랑을 빼면 남는 것이 없다. 사랑을 받지 못하면 식물들도 동물들도 서서히 죽어 가듯, 사람은 사랑의 울타리 안에서 희망과 꿈을 노래하고 열정을 불태운다.

노래나 드라마나 시나 소설에서 사랑을 빼면 이야깃거리가 그리 많지 않다. 장엄한 서사극이나 추리물과 코미디라 해도 한 부분에 남녀 간의 애틋한 연정이나 갈등이 나오면 극을 더 맛깔스럽게 만든다. 사랑의 갈등은 보는 이로 하여금 짜릿한 울림과 여운을 주기 때문이다.

특별한 이유도 없는데 우울하거나 행복한 마음이 들거나 아플 때가 있다. 그런데 가만히 생각해 보면 이유가 있다. 그게 다 당신 때문이다.

사랑 한 스푼 그리움 두 스푼

사랑을 한 스푼 타게 되면
그리움은 꼭 두 스푼을 타게 되지요

누군가를 사랑하는 일이
백만 송이 장미를 품는 일이라면
그리움을 알몸으로 앓아야 하는 것은
꽃 지는 저녁보다 쓸쓸한 일

함께했던 풍경들이
조각조각 떨어져 나갈 때면
기억의 틈새마다
미운 오리 새끼를 닮은 그리움이
퍼즐처럼 만들어진다는 것을

참 이상한 일이지요
분명히 내가 먹은 것은 사랑인데

뒷맛은 그리움만 남거든요

예전엔 그걸 몰랐어요
사랑 한 스푼을 먹게 되면
그리움은 두 스푼을 먹게 된다는 것을

사랑하면 할수록
허기가 진다는 것을

커피를 마실 때면 이런 생각이 든다. 사랑을 한 스푼 넣으면 꼭 그리움은 두 스푼이 들어가 버린다는 것이다. 사랑하는 순간부터 그리움은 그림자처럼 따라다닌다. 그것이 보이지 않는데도 보이는 환상이 되는 것이다. 우리는 살면서 사랑과 지낸 시간보다 그리움과 지낸 시간이 훨씬 더 많을지도 모른다.

그리움에는 시간도 공간도 조건도 필요하지 않다. 무엇보다 미움도 없고 소유하고자 하는 일도 없다. 그렇게 그리움은 가슴의 물길을 마르지 않게 하면서도 때론 꽃길로 변신하기도 한다. 어쩌면 사랑과 그리움은 서로의 빛과 그림자로 살고 있는지도 모르겠다.

왜 우리는 사랑하면 할수록 허기가 지는 걸까? 사랑은 더 많이 하는 쪽이, 더 깊이 빠지는 쪽이 항상 목마르다. 요즘 즐겨 듣는 노래 중에 〈사랑 참〉이라는 노래가 있다.

"잡힐 듯 잡히지 않는 사랑이 너무 아쉬워 다가가면 더 멀어지는 사랑 참 힘드네요. 참을 만해요. 힘들면 좀 어때요. 사랑을 잃은 아픔보다 참는 게 더 쉬워요."

사랑의 부재가 주는 고통이 너무 크기에 잡을 수도 없고 가질 수 없어도 그만큼의 사랑으로도 참을 수 있다는 것이다. 참 애절한 말이다.

사랑이 힘든 것은 상대가 주는 만큼 사랑의 수위를 조절할 수 있으면 좋은데, 사랑에 빠진 사람에겐 '적당히'라는 것이 적용되지 않기 때문이다. 사랑은 사람에 따라 농도와 빛깔이 다르니 예행연습도 정답도 없다. 경험해 보고 아파해 보고 그리워하면서 서서히 감정의 물이 빠지는 것이니까 말이다. 그래서 사랑하면 할수록 허기가 생기고 덤벙거리게 된다.

사랑에 있어 완전하거나 완벽한 만족은 없다. 웃자라는 욕망을 내려놓고 비우고 정제하는 노력을 멈추지 않는 일뿐이다.

사랑을 한 스푼 타게 되면

그리움은 꼭 두 스푼을 타게 되지요

너는

미리내를 닮은 눈빛으로 다가와
황폐했던 가슴에
봉숭아꽃물을 적셔 놓고
훌쩍 떠났어도

아주 가끔씩
머리끝에서 발끝까지
화들짝 깨어나게 만들다가
물푸레나무 같은
삶을 그리게 하는

나에게로 돌아가는 길이
물음표에서 감탄사로
하루를 접을 수 있게 하는

너는

"나 오늘 잘 살았을까?"

이 질문에 "그래, 그래도 감사한 하루였어!"라는 감탄사로 하루를 갈무리할 때면 보이는 너, 지금은 아득히 먼 이야기가 되었다 해도 미리내가 반짝이는 밤이면 어느새 그의 모습이 들어간 별똥이 떨어진다.

이별은 절대 아름다울 수 없다 해도 시간이 흐른 후에 아낌없이 사랑했었다는 확신이 떠오른다면, 당시엔 참혹하게 아팠던 기억도 빛 고운 풍경으로 바뀔 수 있다. 사랑은 떠나갔지만 진정한 사랑이 무엇인지, 사랑의 허상이 무엇인지 깨달았기 때문이다.

모로코의 오래된 항구도시 카사블랑카의 어느 골목길 하얀 벽에 이런 글귀가 쓰여 있다고 한다.

"사랑을 잃고 다시 사랑을 얻는다."

사랑을 하는 사람이나 이별의 아픔을 겪고 있는 사람에게 들려

주기에 이처럼 멋진 말이 있을까 싶다. 어설펐던 사랑에서 성숙한 사랑으로, 너에게 기댔던 사랑에서 내 안의 나를 깨우는 사랑으로, 그렇게 잃어버린 사랑은 다시 내게로 부메랑처럼 돌아온다. 이제는 머리끝에서 발끝까지 나와 연애하는 법을 익혀야 한다. 내 영혼이 혼자 떠돌지 않게 말이다.

그리움을 지우는 일

그리움을 지우는 일은
꽃 지는 자리를 걷고 있는 것
그리하여 아리고 아파도
가슴에 꽃을 이식하는 일

그 꽃이 다시 필 때까지
마음이 몸에게 희망을 주는 일
그리하여 혼자 울고 웃다
꿈결에서 해후하는 일

그리움을 지우는 일은
타는 노을의 말을 듣는 것
그리하여 외롭고 지쳐도
뇌리에 새벽을 이식하는 일

그 추억이 지워질 때까지

네가 없어도 너를 만나는 일
휘청거리는 하루를 다시 보듬고
내 안의 나를 사랑하는 일

"삶이 남아 있다는 건 아직도 나에게 그리움이 남아 있다는 거요. 그리움이 남아 있다는 건, 보이지 않는 곳에 아직도 너를 가지고 있다는 거다."

조병화 시인의 〈고독하다는 건〉이란 시의 한 구절이다. 시인은 살아간다는 것은 그리움이 존재할 수밖에 없고, 그리움은 소유하는 사랑을 초월해 공기처럼 함께하고 있는 것을 말한다. 그리움은 그렇게 보이지 않아도 보이게 만들고, 가질 수 없는 것도 가지게 만드는 것인지도 모른다.

햇살 맑은 날은 잔잔했다가 바람 부는 날이면 걷잡을 수 없이 번져 가는 불꽃처럼, 그리움은 제 모습을 숨기고 있다가 어떤 순간이면 치명적인 빛깔로 나타나기도 한다. 은은한 빛깔인가 싶으면 코발트블루빛이 되기도 하고 어느새 핏빛으로 변해 있다. 그리고 그 핏빛은 오월의 장미가 되기도 하고, 짙은 여름날의 능소화꽃이 되고, 겨울엔 동백꽃이 되어 꿈을 잃지 않게 만든다.

누군가를 떠올리면 눈뜨지 못한 아침엔 알람이 되고 슬픈 발라드보다 더 애잔하게 녹아들고 미술관 옆 가로등보다 더 빛나게 만들기도 한다. 비가 오면 비처럼 내리고 눈이 오면 눈처럼 퍼붓고 바람 불면 사방팔방으로 파고들어 하루를 휘청거리게 만들다가 밤이 되면 포근한 이불이 되기도 한다.

간절한 그리움은 기다림이고 기다림은 삶의 희망이 된다. 내 삶에 대한 희망과 설렘으로 이어 주는 노둣돌이 된 너, 그 아린 그리움이 있어 이제 내 안의 나와 나에게 주어진 시간을 더 뜨겁게 사랑할 수 있을 것 같다.

커피를 마시며

은은한 원두커피 향기가
코끝을 간질거리는 찻집의 아침은
막 목욕을 마친 첫날밤처럼
설레는 모습으로 다가온다

커다란 통유리창 밖으로
나목에 붙어 있는 잔설을 보며
커피를 한 모금 마실 때면
생의 모습이 조각처럼 떨어진다

어제는 장례식장으로
오늘은 결혼식장으로 가야 하는
슬픔과 기쁨의 이중주를
끝없이 듣고 살아야 하는 우리들

지금, 내 몸속에

혈관을 타고 내려가는 커피와
핏물이 만나
무슨 이야기를 나눌까

"그래도…
산 자의 편에 서야 해
떠난 자에게 주는 마지막 선물은
더 뜨겁게 사는 길이야"

이 소리 들리니?

어제는 사랑, 오늘은 죽음. 그렇게 사랑과 죽음의 이중주를 이틀 새 접하다 보니 심오한 기분이 든다. 사랑과 이별이나 탄생과 죽음이 결국은 하나의 끈으로 이어진 것처럼 어제까지 사랑의 불꽃을 태웠던 사람들이 오늘 남남으로 돌아서기도 하고, 어제까지 멀쩡했던 사람이 오늘 사망 소식을 듣기도 한다.

같은 일을 하는 동료의 아들 결혼식이 있었던 다음 날, 오랜 벗의 어머님 장례식장엘 다녀왔다. 다행히 천수를 다하고 가시는 길이라 호상이라고들 문상객들은 말한다. 아무리 천수를 다했다 해도 사랑하는 사람과의 영원한 이별은 가슴 먹먹한 일이다. 살아서는 영영 볼 수 없다는 것은 생각만 해도 아프고 아리다.

사람이라면 누구나 자신과 끈이 강하게 이어진 사람과의 사별이 힘들 수밖에 없다. 특히 가족의 죽음이나 동고동락했던 친구인 경우는 이별의 통증으로 일상이 우울해지고 삶이 무상해진다. 삶은 그렇게 탄생과 이별을 하나의 끈으로 묶고 있다. 그것은 자연도 똑같이 반복하고 있다. 해가 뜨고 지고 꽃이 피고 지고 계절이 오고 가고…. 그렇게 매일 눈 뜨고 감는 일을 자연스럽게 반복하지만 사람과의 이별 앞에서는 자연처럼 받아들일 수가 없다.

오늘도 어느 하늘 아래에선 탄생과 죽음, 기쁨과 슬픔의 이중주가 울리고 있겠지만 그래도 떠난 사람은 보내고 산 자의 말을 우리는 들어야 한다.

"우물쭈물하다가 내 이럴 줄 알았다."

영국의 극작가 조지 버나드쇼의 묘비명에 쓰여 있는 말이다. 떠나는 자가 산 자에게 하는 유언이 이처럼 명쾌하고 깊은 울림을 줄까 싶다. 지금도 우물쭈물하고 있는 내게 말이다.

상상

눈을 살짝 감아 봐요
어둠 속에서 별이 보인다면
그 별도 당신을 생각하는 거래요

가만히 귀 기울여 봐요
바람결에 고운 향기가 느껴지면
그 바람도 당신을 그리워하는 거래요

가슴에 살포시 손을 대 봐요
심장에서 다듬이질 소리가 들리면
누군가 당신을 위해 노래하는 거래요

두 팔 벌려 하늘을 올려 봐요
새털구름이 함박웃음 짓고 있다면
누군가 당신을 보고 싶어 하는 거래요

어때요?

상상만으로도

어깻죽지에 날개가 생기지 않나요

'내가 사랑하는 그 사람도 나만큼 사랑할까? 아니, 그 반이라도 사랑할까? 내가 그리워하는 만큼이 아니더라도 가끔씩은 그리워할까?'

가끔 생각하곤 한다. 비가 쏟아지면 빗소리 속에서 그의 음성이 들리고, 눈이 내리면 눈꽃으로 피어나 가슴이 알싸해지는데…. 조용히 앉아 차를 마시다 보면 그것은 착각이라는 걸 곧 깨닫게 된다.

내 마음대로 생각해 놓고 그 사람도 나처럼 생각했으면 하는 것은 욕심이고 오만일 것이다. 오로지 내 마음은 나의 몫이고 내가 솎아 내야 할 감정이다. 그래서 사랑은 깊어지는 쪽이 늘 약자가 되고 많이 아파한다. 참 아이러니한 일이다. 사랑하게 되면 마음이 따뜻하고 풍성해진다는데, 사랑하면 할수록 외려 허기지고 빈약해지니 말이다.

어쩌면 기대고 싶고 받으려 하는 의존과 욕심에서 나오는지 모른다. 누군가에게 의존하면 할수록 외로워지는데 말이다. 기대가 크면 실망도 크다고 했다. 우후죽순처럼 자라는 기대라는 나무에 커다란 돌멩이도 함께 매달아야지 싶다. 너무 자라서 사랑의 본질을 외면하지 않도록 말이다.

사랑이 그 이름으로 순백하고 고운 향기가 나려면 매 순간 넘치는 감정의 물을 빼고 욕심을 비워야 한다. 비우고 내려놓음에도 불구하고 마음이 외로워질 때면 내 안의 나와 상상 여행을 떠나 보면 어떨까?

밖으로만 달리다가 정작 내 안의 나를 떠돌게 하는 건 아닌지, 내가 간절히 원하는 삶이 무엇이지, 내가 부족한 것이 무엇인지 물어보고 답하고 하나하나 글로 적어 나가다 보면 신기하게도 기분이 좋아지고 산뜻해진다.

초여름 편지

그대 이름만 떠올려도
따순 바람이 심장을 적시고
그대 모습만 생각해도
황량한 거리가 미술관이 되는군요

삶에 지쳐 버린 마음에
파랑새가 떼 지어 모여들고
앙상해진 뼈 마디마디
신록의 숨결이 파고드네요

그렇게 하루는
그대로 인해 넉넉해지고
그대로 인해 꿈을 꾸게 됩니다

휘청거리면 잡아 주고
쓰러질 때면 토닥거려 주는

내 영혼의 비타민

생각해 보면 그대는
물푸레나무를 닮았어요
아니, 에메랄드빛 숲길이에요

오늘도 옥상 위에서
하얀 빨래가 된 그리움이
우체국을 향해 달려갑니다

그대여
잘 계신가요
아픈 곳은 없는지요

초록 물결이 천지를 유영하는 초여름 날 오후. 몸은 파김치처럼 늘어지고 마음은 갈대처럼 흐느적거릴 때, 생각만 해도 미술관처럼 단아해지고 물푸레나무처럼 싱그럽게 만들어 주는 사람, 보이

지 않아도 보이고 함께하지 않아도 옆에 있는 듯한 하루가 시작되면 샛별처럼 다가와 또 안부가 궁금한 사람.

옥상 위에 올라가 빨래를 널고 있으니 바람에 흔들리는 나뭇잎 틈새로 하얀 그리움이 송올송올 일어난다. 멀리서 우체부 아저씨의 오토바이 소리가 들린다. 다시 시동을 거는 오토바이 뒷자리에서 초여름 편지가 하나둘 바람결에 흩날린다.

파란 하늘에 솜사탕을 붙여 놓은 구름을 보고 있노라니 나태주 시인의 시 한 구절이 생각난다.

"내가 너를 얼마나 좋아하는지 너는 몰라도 된다. 나의 그리움은 나 혼자만의 것으로도 차고 넘치니까…. 이제 나는 너 없이도 너를 좋아할 수 있다."

그 사랑이 얼마나 깊고 순백하기에 이런 시가 나올까 싶다. 그러면서도 위안이 되는 건 내가 쓰지 못했던 내 마음을 대신 써 준 것 같아서이다. 사랑이 맑은 수채화처럼 스며들면 시공을 초월해서 함께하게 만든다. 그래서 평생 동안 그리움을 퍼즐처럼 맞추며 살면서도 그 사람의 존재로 따뜻한 삶이었다고 말할 수 있지 않을까 싶다.

너 없이 너를 사랑한 그들은 자신 안에 들어와 있는 빛 고운 추억과 해후하고 사랑을 나누며 살았을 것이다. 신록의 물결이 무희처럼 춤추는 여름날 오후, 햇살이 내려앉은 나뭇잎 사이로 에메랄드빛이 그 사람의 모습처럼 반짝거린다.

봉숭아꽃

열정이
식어 가는 그대의
작은 불씨가 되고 싶었다

키가 작아
두 발을 곧추세워도
그대의 눈빛을
사로잡을 수는 없지만

손을 내밀어 잡아 준다면
내 목숨을 담보로
그대의 파리한 손톱에
주홍빛으로 물들이리라

그것이
네 심장으로 번지기를

갈망하면서

유년 시절, 여름이 깊어지면 우리 집 담장엔 항상 봉숭아꽃이 가득했다. 언니와 함께 봉숭아꽃잎을 따다가 방망이로 짓이긴 다음 백반을 섞어 손톱에 올려놓고 투명 비닐로 꽁꽁 동여맨 후 잠이 들었다. 아침에 일어나 보면 주홍빛으로 물든 손톱이 얼마나 예뻤는지 기억이 새록거린다.

격정의 청춘 시절, 봉숭아꽃처럼 목숨을 담보로 해도 아깝지 않을 사람은 첫사랑이라는 꼬리표를 남기고 기억 저편으로 사라졌다. 사랑의 온도가 여전히 뜨거웠던 나에겐 잔인했던 시간이었지만 이별을 받아들여야 했고, 그 후로 나는 사랑에 전부를 거는 어리석은 짓은 하지 않으리라고 대못을 박았다. 그렇게 못을 박은 자리가 아물 때쯤, 나는 또 다른 사랑을 받아들이고 있었다.

'윈윈 게임(win-win game)'

사랑에 있어서 윈윈 게임은 없다. 똑같은 농도와 빛깔과 온도로 사랑할 수 없고 한날한시에 이별을 생각할 수 없기 때문이다. 그래서 아름다운 이별은 더 힘들다. 사랑이 아름다운 만큼 힘든 것은 혼자만의 정성과 노력으로 성을 쌓을 수 없기 때문이다. 그래서 남녀 간의 사랑은 행복과 기쁨만큼 아픔과 인내를 끌어안아야 한다.

사랑은 눈부신 환희이기도 하지만 지독한 수렁이기도 하다. 피카소의 네 번째 연인이었던 마리테레즈 발테르는 28세나 많은 피카소의 모델이 되면서 사랑에 빠진다. 그 후 아이를 하나 낳았지만 피카소는 사진작가 도라마르와 사랑에 빠지면서 마리테레즈를 버린다. 이런 현실에도 불구하고 마리 발테즈는 평생 피카소를 그리워하며 비혼으로 살다가 피카소 사망 후에 그를 따라 자살로 생을 마감한다.

한 사람에게는 목숨을 담보로 해도 아깝지 않았던 사랑이었지만, 한 사람에게는 그저 스쳐 갔던 바람이라는 것이 사랑의 냉혹한 이중성이다. 그래서 어떤 학자는 미치지 않고 하는 사랑은 더 이상 사랑이 아니라고 했나 보다.

평생을 함께하는 인연도, 잠시의 인연이라 해도 사랑은 하늘이 내린 축복이다. 그러나 그 축복을 오랫동안 꽃피워 나갈 수 있는 것은 하늘이 하는 일이 아니라, 두 사람의 정성과 노력에서 만들어지는 것이다.

사랑이 아름다운 만큼 힘든 것은

혼자만의 정성과 노력으로

성을 쌓을 수 없기 때문이다

가을 그리움

새털구름이 하늘을 덧칠하고
하늬바람은 낙엽으로 허공을 휘돌 때
꼭두서니빛 설렘이 찾아와
가슴속에서 종일 달그락거린다

계절이 수없이 떠났다 오고
하늘이 문을 닫고 여는 동안에도
레테의 강가에서 서성거린 그리움이
금빛 들판으로 환생한 것인지

함박 미소를 머금은 구절초들
새빨간 외출복으로 갈아입은 오솔길
구름이 행간을 채운 하늘빛 편지로
생은 환희의 파동으로 출렁거린다

격정의 청춘은 사라지고

잔주름이 눈가에 선연함에도
가을이면 갈래머리 소녀로 깨어나
에움길 모퉁이에서 사랑의 풋말을 쓰고 있다

너를 쓰면서 나를 지우고
나를 쓰면서 너를 지우기를 반복하며
노자의 철학을 곱씹고 안주 삼아
한 잔의 술과 동침했던 푸른 밤

너는 꿈일 때 삶은 현실이다
너는 현실일 때 나는 또 꿈꾸고 있다
산다는 건 어쩌면, 꿈과 현실 사이
만남과 이별 사이에 박힌 대못임을

가을이 되면 숨죽였던 그리움이 불쑥불쑥 튀어나오는지 모르겠다. 겨울로 가는 길목 때문인지, 나무들이 알몸을 드러내서인지 마음 안에서 이따금 마른 낙엽 소리처럼 서걱거린다. 하 세월, 꽃이 피고 지기를 반복하는 동안 그리움도 곰삭을 때가 되었는데 가을은 여전히 몸도 마음도 휘청거리게 만든다.

시간이 지나면 모든 생물이든 무생물이든 낡고 야위어 가는데 그리움은 시간이 갈수록 더 튼실해지고 있다. 어쩌면 그리움을 잘 포장해서 마음의 보고(寶庫)에 넣어 두고 틈날 때마다 어루만지며 스스로 위안을 삼고 있는 것인지도 모른다.

간절히 사랑했던 사람을 기억 속에서 완전히 지울 수는 없다. 시간이 지나면서 탈색되어 희미해질 수는 있겠지만 말이다. 그러나 탈색되는 그 시간마저 따뜻한 풍경으로 남도록 할 수는 있다. 한때나마 인연이 되었던 사람에게 행복을 기원하며, 지금 머문 자리에서 나와 나의 인연들과 아낌없는 사랑을 나누고 살면 된다.

사랑 그 이후에 남은 그리움은 삶을 더 멋지게 도약할 수 있는 발판이 되기도 하고, 한 사람의 일생을 풍화시키기도 한다. 사랑했던 추억을 먹으며 그리움 하나로 평생을 보낸 천재 시인 백석의 연인 김영한(자야)도, 청마 유치환이 그토록 사모했던 연인 이영도 또한 그랬다. 다만 사람에 따라 사랑의 깊이에 따라 그리움을 다스리는 방법과 시간과 온도 차가 다를 뿐이다.

나에게 그리움은 욕망의 줄기를 잘라야 하는 매스이기도 했지만, 마음을 정제하는 청수이기도 했다. 하염없이 기다려야 하는 고통보다는 기다림의 미학과 존재의 소중함을 깨닫게 했던 시간이었다. 그렇게 너를 쓰면서 나를 지우고, 나를 쓰면서 너를 지우기를 반복하고 꿈을 꾸고 시(詩)와 연애하며 보낸 하 세월, 어쩌면 그리움은 내 생의 또 다른 연인이 아닐까 싶다.

겨울 여자

눈동자 속에
눈꽃이 보이는 여자
시린 아픔을 성숙으로 버무려
풍경으로 피는 여자

가슴속 깊이
하프 소리가 나는 여자
폭풍이 머물다 간 자리마다
꽃씨를 뿌리는 여자

뒷모습이
모닥불 같은 여자
외로움에 살 떨리는 사람 곁에
외투가 되어 주는 여자

아무리 추워도

향기를 쉬이 팔지 않는 여자
영혼의 때를 닦기 위해
시(詩)와 동거하는
그 여자

꽃들이 떠나고 나뭇잎들도 떠난 자리, 상처를 드러낸 나목들만 동그마니 있는 정원은 황량하고 을씨년스럽기만 하다. 눈이라도 내리면 하얀 옷으로 치장할 텐데….

사람이 겨울 같다면 생각만 해도 찬바람 쌩쌩 부는 느낌이 아닐까 싶은데, 겨울 여자를 떠올리면 왜 시적이고 보랏빛처럼 신비하게 느껴지는지 모르겠다. 맑은 눈동자에는 눈꽃이 피어나 시리도록 청아하고 하프 소리가 은은히 울려 퍼지는 듯하다.

'빛 고운 언어로 포장한 유희일까?
찬 겨울과 동거하는 쓸쓸한 느낌이어서 그럴까?'

겨울 여자는 외로움을 안고 사는 여자인지도 모른다. 그러나 그

외로움을 타인에게 보내거나 기대려 하지 않고, 자기 안에서 꽃씨를 피우고 시(詩)와 동거하는 동백꽃 같은 여자다. 그래서일까? 겨울 여자는 봄 여자보다 더 애틋하게 느껴진다.

겨울 남자

넓은 가슴속에
장작불을 피우고 있는 남자
상실의 고통을 신발 속에 넣고
설원을 달리는 남자

마음속 깊이
첼로 소리가 나는 남자
눈보라가 몰아친 들판의 나목처럼
심지가 뿌리 깊은 남자

뒷모습이
항구 같은 남자
길 잃고 헤매는 이방인들에게
등대가 되어 주는 남자

아무리 고달파도
허욕의 늪에 빠지지 않는 남자
불후의 명작을 남기기 위해
꿈과 연애하는
그 남자

가을 남자가 낭만적(romanticism)으로 보인다면, 겨울 남자는 실용주의(pragmatism)로 보인다. 겨울 여자는 쓸쓸함 속에 고혹함이 어려 있다면, 겨울 남자는 왠지 도회적이고 샤프한 이미지가 느껴진다. 그것이 남자와 여자의 속성인지도 모르겠다.

여자가 사랑받는 데 행복감을 더 느낀다면, 남자는 사랑하는 데 기쁨을 더 느낀다. 여자는 봄에 피는 꽃처럼 화사할 때 더 아름답다면, 남자는 산등성이의 은빛 억새처럼 추울수록 더 반짝거린다. 겨울 남자의 몸속에서는 높은 고음 소리보다 중저음의 첼로 소리가 들리는 듯하다.

눈보라가 몰아치는 들판에 서서 홀로 연주하는 그 소리가 묵직하면서도 울림이 있다. 그래서일까? 겨울 남자의 뒷모습이 파도치는 바다의 항구같이 넉넉하고 당당해 보인다.

가을 남자가 숲속의 카페 같다면, 겨울 남자는 지하철역에 붙어 있는 서점과 같다.

포로

당신의 영혼을
내 안에 이식하면서부터
포로가 되었습니다

밤비가 내리면
찢어진 우산이 되었고
바람이 울 때면
은사시나무가 되어야 했고
슬픈 발라드를 들으면
불멸의 춤을 추어야 했습니다

당신은 나를
가둔 적이 없습니다
그럼에도
나는 당신이라는 유리성에
감금되어 버렸습니다

어찌합니까
세상의 모든 빛살이
당신 속에서
뿜어 나오는 것을요

52년 만에 남편과 상봉한 76세 할머니의 이야기를 〈이것이 인생이다〉 편에서 보게 되었다. 19살에 시집와서 4년을 살다 분단으로 남편과 헤어진 후 4차 이산가족 상봉으로 52년 만에 상봉을 한 것이다.

"애인 없었어?"

남편을 끌어안은 아내의 첫마디였다. 그러나 남편은 오래전 북에서 결혼을 했기에 시어머니를 모시고 평생을 기다린 그녀에 대한 미안함에 눈물만 흘리고 있었다.

평생을 생사도 모르는 남편을 기다리며 살았던 그녀의 심정을 어찌 가늠할 수 있을까 싶다. 누구를 원망할 수 있겠는가? 평생 기다린 아내를 바보라고 할 수 있을까? 분단의 상황에서 결혼한 남편을 욕할 수 있을까? 아내는 본인이 원해서 기다린 것이고, 남편 또한 본인의 뜻으로 결혼한 것이다. 서로의 선택이고 서로의 운명이다.

돌이켜 생각해 보면, 지금껏 나는 한 사람을 사랑하게 되면 먼저 이별을 요구한 적이 없었다. 일에서는 냉철하고 쿨한 성격인데 사랑에 있어서는 백치처럼 맹목적이 되어 버린다. 그러나 별리의 시간이 오면 보헤미안처럼 떠돌며 아파하기도 하고 하루를 저 혼자 떠돌게 했어도, 미움이란 앙금을 가슴에 품고 살지 않았다.

사랑한다고 모두 영원할 수는 없다. 사랑한다고 모두 결혼으로 이어지는 것도 아니다. 또한 결혼했다고 해서 검은 머리 파뿌리 되도록 함께 사는 것도 아니다. 연애나 결혼 생활은 혼자만의 인내와 노력으로 되는 것이 아니기 때문이다. 서로의 코드와 철학이 맞아야 한다.

불타는 감정으로 사랑에 빠졌다 해도 고통스러운 시간이 반복된다면 서로의 축복을 빌며 떠날 줄 아는 것도 아름다운 인연이다. 이별을 받아들이지 않으면 나의 지난 시간은 저잣거리의 토사물처럼 악취로 채워질 수도 있기 때문이다. 어쩌면 내 기억의 창고에 있는 스토리들이 그래도 괜찮았다고 생각하고 싶은 바람인지도 모른다.

'짧은 만남이든 긴 만남이든 수천만의 사람 속에 만나 사랑을 나누었다면 그것으로도 얼마나 귀한 인연인가?'

그 인연의 시간이 짧거나 내 마음대로 흘러가지 않는다고 해서 미움과 원망으로 보내는 것은 어리석고 부질없는 짓이다. 영혼이 떠난 사람을 붙잡고 있는 것은 남아 있는 시간을 갉아먹는 일과 같다. 장대비가 멈추고 나면 무지개가 뜨듯, 폭풍우가 휘몰고 간 자리에 꽃이 피듯, 죽을 것 같은 아픔도 시간을 잘 견디면 새로운 세상이 펼쳐지고 더 멋진 나를 만나게 된다.

이별이 나에게 가르쳐 준 것들

삶에서
사랑보다 더 깊은 깨달음을 준 것

빈집과
빈 마음과
빈자리의 고독과
익숙해져야 한다는 것

더 당당히
더 뜨겁게
더 옹골지게 뿌리를 내려야
살아남을 수 있다는 것

그리하여
기다리는 행복이
슬프도록

황홀하다는 것을 알게 된 것

내 생은 어쩌면 사랑보다 긴 이별의 시간이었고 이별은 늘 사랑보다 더 가까웠고 친숙했다. 그렇게 사랑이 떠나가는데도 사랑의 상실로 힘들어했던 적보다 사랑이라는 존재로 행복한 시간이 더 많았다. 이별은 숲을 보는 눈을 길러 주었고, 강물이 더 낮은 곳으로 흐르는 비움을 실천하게 해 주었다.

나는 사랑을 잃고 시를 쓰면서 대학 평생교육원과 기업이나 단체에 웃음과 행복에 관한 강의를 했다. 이에 대해 혹자는 이렇게 생각할 수도 있다.

'가정도, 사랑도 지키지 못한 사람이 어떻게 행복에 대한 강의를 하지?'

그러나 그것은 이별을 쉽게 보는 사람들의 근시안적인 생각이다. 이별은 상실이 아니라 깨달음이고 상처가 아니라 성장이기 때문이다. 상처를 경험하지 않고 누군가의 아픔을 보듬기란 어렵고, 낮은 자리에 있어 보지 않은 사람이 외로운 이들의 빈 가슴을 포용하기란 쉽지 않다.

사랑이 실패로 끝났다 해서 삶의 행복이 끝나는 것이 아니다. 행복은 사랑의 부재로 사라지는 것이 아니라, 스스로 당당해지기를 포기할 때 멀어지는 것이다. 행복은 이별의 고통으로 끝나는 것이 아니라 자신과의 사랑을 잃어버릴 때 숨어 버리는 것이다. 나는 사랑이 끝날 때마다 스스로 사랑하는 법을 배워 나갔다.

나는 이별이 올 때마다 자연을 찾아 떠났다. 자전거로 전국 자전거길을 달렸고 통일전망대에서 해남까지 41일간 걷기도 했다. 그렇게 걷고 달리는 동안 흙과 나무와 풀잎들, 강물과 구름과 별빛과 친구가 될 수 있었다.

혼자서도 여전히 싱그럽고 아름다운 생을 가꾸려면 빈집과 빈자리와 친숙해져야 한다. 그래야 진정한 자유를 누리고 삶을 튼실하게 가꿀 수 있다. 그럼에도 불구하고 나는 여전히 아름다운 사랑을 꿈꾼다. 내 마음에서 사랑이 사라지면 삶의 열정과 온정의 물길도 말라 버릴 테니까 말이다. 사랑의 기다림은 때론 아프고 지칠 때도 있지만, 여전히 삶을 설레게 만드는 꽃씨이고 황홀한 봄이다.

캔버스에 내리는 시

그리움도 익으면
해 질 녘 풍경이 되는가 보다
하 세월 홀로 다독거려야 했던 가슴에
비처럼 떨어지는 시어들

사랑하고 싶다
사랑한다
사랑했었다

바람에서 현재 진행형으로
다시 과거형으로 끝나야 했던 시간을
지우지 못하고 한 번씩
열병을 앓는다

아직은 뜨거운 육신을
찬물로 식히며 몸단장을 할 때면

뼈 마디마디 사이로 피는
바람꽃 한 무더기

마음보다 웃자란 사랑
미완으로 끝나야 했던 인연
그 쪽빛 그리움이 빚어낸 캔버스에
시가 빗물처럼 내린다

사랑하고 싶다. 사랑한다. 사랑했었다. 그 울림들이 노을빛이 되어 캔버스의 바탕색이 되고 이어서 시어가 비처럼 흘러내린다. 추상화가 되어 버린 그림은 이제 해석을 독자들의 몫으로 돌리고 있다. 우리 삶의 단면처럼 어떤 현실도 사람에 따라 풀어 나가는 방법이 다르다.

그래서 그랬던가? 삶은 일어난 사건보다 사건을 대하는 태도에 따라 달라진다고 말이다. 그러한 태도의 힘을 무색하게 만드는 것이 사랑이다. 아무리 연습해도 심플하게 사랑을 가꾸고 쿨하게 이별하는 것이 참 힘들다.

그렇게 사랑은 바람에서 진행형으로, 다시 과거형으로 무수히 바뀌고 있다. 설렘으로 시작하다가 불꽃처럼 타올랐다가 시들해지면서 이별의 아픈 시간이 오고, 다시 그리움이 시작된다. 그래서 영화와 소설과 시와 노래의 단골 메뉴가 사랑이 아닐까 싶다.

어쩌면 사랑은 설렘보다 그리움을, 기쁨보다 아픔을, 행복보다 기다림을 견뎌야 하는 시간이 많다. 세상의 모든 사랑 노래가 이별과 아픔과 그리움에 대한 애절한 내용이 많은 것도 그런 스토리가 다양하고 사람들로부터 공감을 얻기 때문이 아닐까 싶다.

우리 인생은 기쁨과 슬픔, 희망과 절망, 미움과 용서처럼 극과 극의 성격이 붙어 있듯 사랑 또한 극과 극을 연출하고 있다. 때문에 살아가는 일은 기쁨도 아픔도 받아들이고 비우고 다시 시작하는 것이다. 봄은 눈부시게 오지만 바람처럼 떠나 버리고, 여름은 푸르게 다가왔다가 또 떠나간다. 문제는 늘 설렘과 기대만큼 자신의 시간을 온전히 즐기지 못하고 놓쳐 버린다는 것이다.

그러니 우물쭈물하지 말고 생각대로 밀고 나가자. 가다가 넘어지다가 상처받는 일도 있겠지만, 일어나는 법도 배우게 된다. 좋은 일은 기쁨이고 나쁜 일은 경험이다. 어느 쪽이든 더 성숙해진 나를 만나게 될 테니까 말이다.

그래도, 사랑한다면

하늘보다
땅을 보며 사는 것들은
사실은 꿈이 작은 게 아니라
사랑이 넘쳐흘러 그런 게야

나뭇잎이나
빗물이나
저 가로등의 빛살이나
늘 아래로 떨어지고 있잖아

사랑을 하게 되면
마음이 웃자라
자꾸만 한 발 앞서가게 되지
내가 준 만큼 받지 못하는 것에
상처받고 아파하면서 말야

그런데 말이야
사랑은 앞에서 손을 내밀 때보다
뒤에서 밀어 줄 때
더 신비한 색채를 뿜어내거든
촛불이 제 몸을 녹이며 밝혀 주듯이
물길이 낮은 자리로 흐르듯이

그가 나를 몰라준다 해도
그가 나를 멀리한다 해도
그래도, 사랑한다면

내겐 미혼으로 황혼을 맞은 친구들이 세 명 있다. 그들의 이야기를 들어 보면 굳이 비혼(非婚)을 외친 적은 없는데….

"내가 좋아하고 싶은 사람은 나를 좋아하지 않았고, 내가 마음에 없는 사람은 나를 좋아했던 것 같아. 마음에 없는 사람과 외롭다고 살 맞대고 어떻게 살아! 그러다 보니 이렇게 나이를 먹었네."

그들의 속뜻은 비슷하다. 마음이 가지 않는 사람을 외롭다는 이유로 선택하고 싶지 않다는 것이다. 나를 사랑하는 사람과 결혼하는 것이 행복할까? 내가 사랑하는 사람과 결혼하는 것이 행복할까? 차라리 혼자 사는 것이 행복할까?

결혼은 해도 후회, 안 해도 후회한다지만 그래도 하고 후회하는 것이 낫다고들 말한다. 물론 서로가 똑같이 사랑해서 결혼한다면 그보다 기쁜 일이 어디 있을까? 그러나 아무리 사랑하는 사이라 해도 감정의 농도나 사랑의 깊이가 같을 수는 없다. 그래서 목숨처럼 사랑해서 결혼을 했는데도 불신과 갈등을 극복하지 못하고 결국 남남으로 돌아서게 되는 것이다.

《어린왕자》에 보면 이런 말이 나온다.

"내가 좋아하는 사람이 나를 좋아해 주는 건 기적이야!"

서로 좋아한다는 것이 얼마나 힘들면 기적이라고 말했을까 싶다. 나를 좋아해 주는 사람을 만나든 내가 좋아하는 사람을 만나든 여전히 사랑은 어렵다. 전자는 사랑의 설렘이 생기지 않아 힘들고, 후자는 상대가 무심하니 힘들다. 그러니 기적을 바라지 말고 상대의 감정을 읽고 그 감정에 최선을 다해야 한다.

계산하는 사랑은 이미 사랑이 아니다. 내가 준 만큼 상대에게 받아야 하는 사랑은 이미 사랑이 아니다. 사람과의 관계는 'Give and Take'라지만 사랑은 'Give and Forget'이 되어야 한다. 진정한 사랑은 아낌없이 주면서도 받는 것에 집착하지 않는 것이다. 기대의 크기보다 실망의 크기가 더 크기 때문이다.

사랑이 힘든 것은 마음이 한참 앞서가거나 한참 뒤처지거나 둘 중의 하나다. 등산을 할 때 앞서가는 사람은 혼자 기다려야 하고 뒤처진 사람은 쫓아가기에 숨이 차다. 등산도 사랑도 행보를 맞춰서 걸어야 지치지 않는다.

사멸하지 않는 그리움

그대가 그리워서
울고 싶은 날은 시를 쓴다
빛은 어둠을 이기지 못하고
언제나 떠나가는 이방인

그대가 그리워서
심장이 멎을 것 같은 날은 시를 쓴다
어둠은 오늘도 하늘을 닫고
언제나 차고 들어오는 고독

그대는
사멸하지 않는 그리움을 던지고
나는 살아남기 위해 시를 쓴다

그리움이 시들기를
그리움이 죽어 가기를

기도하면서

유리 꽃이나 수정(水晶)이나 물방울을 보면 그 투명한 아름다움만큼 쉽게 깨지고 사라지기도 한다. 마음에 머문 그리움을 떠올리면 수정 같은 느낌인데 왜 쉽게 사라지지 않을까?

어쩌면 시리도록 투명했던 추억 때문인지도 모른다. 그리움은 시시때때로 다른 옷을 입고 나타나 비가 오면 빗물 속에 눈이 오면 눈꽃 속에 바람 불면 허공 속에 카페에선 커피 한 잔 속에 아롱지듯 피어난다.

세상의 아침이나 석양이 눈물겹도록 아름답게 느껴질 때면 더 간절해지는 사람이 있다. 온전히 풍경 속에 빠져들고 싶어도 풍경 너머로 아른거리는 얼굴이 선연해지면 심장에선 달그락대는 소리가 들린다. 그리움이 딱정벌레처럼 붙어 있는 깊고 푸른 밤, 술의 힘을 빌려 눈을 감아 보지만 뇌는 잠들지 못하고 심장은 점점 팔딱거린다. 시시각각 목을 옥죄어 오는 그리움이란 놈을 어찌해야 할까? 시들지 않는 그리움이 사라지기를, 마르지 않는 그리움이 박제되기를 기도하며 나는 살기 위해 시(詩)를 쓰다가 잠이 든 것 같다.

못다 한 말, 서러웠던 심정을 한 줄 한 줄 써 내려가는 동안 신기하게도 소용돌이치던 감정의 물이 서서히 빠진다. 어쩌면 토해 내고 싶었던 말을 내가 나에게 묻고 답하는 동안 감정도 정제되었던 것 같다. 그렇게 나에게 시(詩)는 그리움의 빈자리를 채워 주는 벗이 되고 연인이 된 듯하다.

그러니 사랑으로 상처받은 사람이여! 그리움이 높은 파도를 칠 때면 시를 끌어안고 잠들기를….

블랙커피

너에게 갈 수 없는 현실이
못내 서러워 취하고 싶은 날이면
나는 블랙커피를 마신다

수족처럼 따라붙는 너를
외딴 섬으로 유배시켜 놓고
껴안아야 했던 절망

살아가는 날 동안
너의 체온이, 너의 목소리가
크림이 될 것 같다

카페라떼에 부드러움이 베어 있다면, 블랙커피 속에는 왠지 모

를 쓸쓸함이 스며 있다. 어둠이 주는 아픔이나 무채색이 주는 고독이나 햇살이 숨어 버린 절망 같은. 그럼에도 블랙은 하얀색과 앙상블처럼 잘 어울린다. 가장 어두운 시간 옆에 새벽이 붙어 있거나 추운 겨울 뒤에 봄이 붙어 있는 것처럼 말이다.

그래서 블랙은 절망이기도 하지만 별빛을 볼 수 있는 희망이 되기도 한다. 대학의 졸업식 가운이 블랙인 것도 그런 의미가 있다. 어렵고 힘든 학문을 잘 마치고 다시 새로운 도전을 위한 길로 들어서듯 블랙은 어둠이면서도 빛이고 고통이면서도 기쁨이다.

나는 아메리카노를 즐겨 마시다가 아주 가끔 에스프레소를 시킬 때가 있다. 마음이 멜랑꼴리(melancholy)할 때면 그렇다. 딱히 이유도 없는데 자꾸만 울적한 마음이 시작되면 몸은 소금에 푹 절인 배추처럼 흐느적거리게 된다. 그런 날이면 에스프레소를 마신다. 에스프레소를 마시면 입에선 씁쓸하지만 가슴에선 달달해진다. 왜 그럴까?

'외로운 사람에겐 맑은 날보다 비 오는 날이 편하고, 오후 2시의 거리보다 해거름 녘이 더 정겹게 느껴지는 이유는 무엇일까?'

어쩌면 누군가의 쓸쓸한 마음에 계절과 시간이 공감과 위로를 보내고 있다고 착각하는지도 모른다. 사랑하는 만큼 다시 비워 내야 하는 운명에도 불구하고 지울 수 없다면, 고독과 연애하면서 혼자만의 자유를 만끽하며 사는 것도 멋지지 않나 싶다. 가끔씩 블랙커피에 크림이 된 그리움을 듬뿍 넣으면서 말이다.

푸른 애인

나를 어쩌지 못하고
무작정 달려 나갔던 길
그리움조차 허영이었다고
손에 쥐고 와야 했던
슬픔 한 보따리

미칠 것 같은 밤이면
하나씩, 하나씩
풀어놓았더니
작자 미상의 시(詩)가 되었다

휘몰아치게
정사를 나누고 나면
푸른 창이 되는 너로 인해
나는 또 새벽이 된다

브레이크 장치가 고장 난 차가 내리막길을 달리고 있다. 멈춰야 하는데 멈출 수가 없다. 아무런 방법이 없다. 결국 죽거나 천운이 있으면 살아남겠지만….

사랑을 잃고 그 흔적을 찾아 헤매다 보면 아무것도 보이지 않는다. 맨홀에 빠지고 전봇대에 머리를 부딪친다 해도 부끄러움도 아픈 감각도 느끼지 못한다. 냉혹한 현실에 알몸으로 버려진 것 같은 치욕적인 날을 보내고 정신을 차릴 때까지 나를 통제할 수 없는 시간은 계속된다. 그렇게 미친 짓을 반복한다. 간혹 상사병이나 이별로 생을 끊는 사람도 있으니, 차라리 약간의 미친 짓쯤이야 사랑의 대가로 감수해야 할 듯싶다.

어느 누구도, 똑같은 상황이 아니라면 이 사랑의 미친 짓을 이해하기 힘들 것이다. 50도의 사랑을 했던 사람이 100도의 사랑을 어떻게 이해할 수 있겠는가? 그리워하는 것도 기다리는 것도 사치라고 생각할 만큼 처절한 통증을 겪고 나서야 끝나는 일이다. 그래도 인생을 포기하지 않고 살아남았다면, 아픔만큼 성장한다는 믿음으로 또다시 정갈한 아침을 준비해야 한다. 하늘은 이겨 낼 만큼의 시련을 준다. 그리고 그 시련만큼 성숙해진 나와 마주하게 될 것이다.

나는 그리움의 쓰나미에 휩쓸려 미칠 것 같은 밤이면 시(詩)와 정사를 나누다 잠들었다. 꿈결에서 만난 푸른 애인과의 해후로 달달한 숙면을 취하고 나면 새벽 공기가 어찌나 청아한지…. 새날이 열리고 또 그렇게 아무 일 없듯 인생은 살아진다. 아니, 여전히 잘 살고 있다.

내게 사랑은

언제나
타는 갈증이었다
숱한 날, 다듬고 고쳐야
한 줄의 시로 탄생하는 언어처럼
내게 있어 사랑은
미치게 하는 일이었다

"여기 오는 모든 사람은 사랑을 잃고 사랑을 얻는다."

모로코의 오래된 해안 도시 카사블랑카 어느 골목의 하얀 벽면에 쓰여 있는 글이다. 그리고 동해 망상 해수욕장으로 들어가는 입구 벽면에도 글이 하나 쓰여 있다.

"사랑에는 언제나 약간의 망상이 담겨 있다."

이 두 글의 표면적 내용은 다르지만 맥락은 하나로 흐르는 것을 느낄 수 있다. 사랑이 세상의 모든 풍경을 그림처럼 만드는 것은 약간의 망상이 담겨 있기 때문이지만, 사랑의 허상이 클수록 또한 위태롭게 변할 수도 있다. 사랑을 잃고 사랑을 얻는다는 말은 그런 사랑의 허상을 깨닫는 순간, 진정한 사랑을 찾을 수 있다는 말이 아닐까 싶다.

사랑의 파도가 높아지면서 감정 조절에도 문제가 생긴다. 어쩌면 우리는 사랑을 할 때마다 망상이라는 약을 먹고 사랑의 파도 속으로 몸과 마음을 맡겼는지도 모른다. 약간의 망상과 착각이 없으면 사랑이 그토록 신비하고 목숨과 바꿀 정도로 불태우는 일도 없을 것이다.

그러나 그 망상이 심해지면 자신과 상대를 고통스럽게 만들기도 한다. 그때부터 사랑이란 행복의 성(城)은 불행이란 이름의 성으로 바뀌기 시작한다. 사랑이라는 물길이 말라 버리고 연민의 마음조차 사라지면서 떠나고 싶은 사람은 더 잔인해지고, 붙잡고 싶어 하는 사람은 더 비루해진다. 중요한 것은 아무리 애원하고 매달려도 어느 한쪽이 헤어질 마음을 먹고 있다면 예전처럼 돌아가는 것은 불가능하다는 것이다.

서머셋 모옴은 말했다.

"사랑의 비극은 죽음이나 이별이 아니다. 두 사람 중 어느 한 사람이 이미 상대방을 사랑하지 않게 된 날이 왔을 때이다."

사랑을 위해 목숨을 바치고 생사를 알 수 없는 사람을 기다리는 일은 애틋하고 아름다운 일이다. 그러나 서머셋 모옴의 말처럼 사랑이 식어 떠나간 사람을 기다리는 일은 비극의 전주곡인지 모른다. 그러니 미치지 않고 살려면 사랑이 식어 버린 것을 받아들여야 한다.

겨울, 침묵의 랩소디

그렇게 몸부림치고 싶었던 게야
여름을 뜨겁게 달구던 시절도 한때고
오색으로 물들던 가을도 한순간이라고
떠난 뒤에 남는 것은 식어 가는 몸을
마음이 불을 지펴야 하는 거라고

상처가 드러난 나목의 앙상한 뼈마디와
회색으로 덧칠해 버린 들판의 눈빛과
망나니처럼 목을 옥죄는 칼바람의 손길에
산산이 부서지고서야 홀로 서게 만드는
욕망과 애증이란 삶의 부스러기들

억겁의 시간이 반복되는 동안
어둠과 새벽은 손을 놓은 적이 없고
시냇물은 여전히 바다로 흘러가고
깊고 깊었던 상처도 아물고 있지만

산 자는 죽어 간다는 잔인한 진실

시한부 인생을 선고받고도
자연이 전하는 말과 우주의 이치를
삶으로 녹여 내지 못하고 있지만
부대끼고 울고 웃으며 그렇게 사는 것
꿈과 사랑을 안고 일어서는 것

장작불이 까맣게 변할 때까지
온기를 전하고 서서히 숨을 거두듯
촛불이 다 녹아 산화될 때까지
누군가의 빛이 되다가 눈을 감듯

겨울은, 그렇게
봄을 위해 온몸으로 노래하는 것

잿빛 구름이 사방으로 내려앉은 겨울날, 오색으로 물들었던 꽃

밭은 어느새 흉물스럽게 변하고 마음의 빈터에 찬바람만 잉잉거릴 때면 가슴속까지 서늘해진다.

겨울을 떠올리면 회색과 흰색과 검정이 오버랩된다. 쓸쓸하면서도 당당함, 그리고 순백함이 어우러지는 겨울. 겨울은 어느 계절보다 늙고 약한 사람, 가난하고 외로운 사람에게는 더 힘들고 잔인하게 다가온다. 그러나 겨울은 소소한 일상 하나하나가 감사하고 소중하게 다가오는 계절이기도 하다.

따뜻한 커피 한 잔이나, 뜨거운 국과 밥 한 공기, 한 권의 책과 바람을 피하게 하는 작은 공간, 길가에 피워 놓은 장작불 하나에도 행복한 마음이 솔솔 지핀다. 무엇보다 낮은 자리를 사랑하게 되고 자신을 돌아보게 만드는 시간을 준다.

북풍이 휘몰아치고 있는 들판에 묵묵히 서 있는 나목들은 왜 그렇게 고결하게 보이는 걸까? 언 땅속에 있는 자신의 뿌리를 지키기 위해 얼마나 많은 속울음을 삼켰을까 싶다.

'누군가를 위해 나는 장작불처럼 올올이 태워 본 적이 있던가?'

긴 시간을 욕망과 애증의 부스러기를 털어 내지 못하고 내 안의 나를 아웃사이더로 떠돌게 하지는 않았는지…. 언제쯤이면 새벽과 시냇물이 전하는 말을 가슴으로 포용하며 편안해질 수 있을까?

그렇게 자연이 전하는 말을 삶으로 녹여 낸다면 겨울의 냉기도 침묵의 랩소디처럼 들리지 않을까 싶다.

4부

사랑, 그 따사로운

그렇게 살자

산은 침묵하며 살고
강물은 낮은 자리에서 살고
태양은 제 몸을 불태우며 살고
갈대는 흔들리면서 살고
잡초는 짓밟혀도 산다

그러니
우리도 살아 내자
기어코 살자

꿈이 보이지 않아도
고독이 뼈 마디마디를 쑤셔도
현실이 칼날처럼 잔혹해도
모두가 등을 돌렸다 해도
하늘이 부를 때까지

눈물겹게

황홀하게

장엄하게

전율하며

"못 살겠다."

이렇게 말하는 것은 가슴에 못을 박는 일과 같다. 가슴에 박은 못이 점점 몸을 압박하고 그 상처가 마음을 아리게 만든다. 어떤 일이 꼬이고 삶이 버거울 때 차라리 내려놓으면 일이 풀리고 몸은 가벼워진다. 그런데 내려놓기가 쉽지 않다. 왜 그럴까?

오랫동안 밴 습관적 언어는 자신의 모습을 만들고 행동으로 이어져 어느새 습관이 된다. 그렇게 몸에 스며든 습관을 바꾸려면 익숙해져 버린 부정적인 언어와 결별을 해야만 한다. 매일 어두운 감정을 걷어 내고 이미 일어난 사건과 상황을 받아들이는 연습을 해야 한다.

과적으로 달리는 차가 속력을 제어하지 못하면 결국은 사고를 낸다. 주변을 지나가는 차와 부딪치면서 폭발해 버릴 수도 있다. 자신의 잘못으로 타인의 삶까지 앗아 가 버리는 참혹한 일이 벌어지고 마는 것이다. 과적과 속도 조절을 하지 못한 결과이다.

우리 몸도 마음도 별반 다르지 않다. 과식은 몸을 힘들게 하고 과다한 생각은 마음에 스트레스를 준다. 심신을 피폐하게 만드는 것은 물론, 가족과 주변 사람들에게까지 부정적 기운을 불어넣게 된다. 희망이 보이지 않고 우울한 생각이 몸을 옥죄어 올 때면 혈관이 막히는지 숨이 차다. 그럴 때면 잠시라도 눈을 감고 심호흡하면서 소용돌이치는 마음을 진정시켜야 한다.

살다 보면 고독이 뼈마디를 쑤실 때도 있고, 현실이 칼날처럼 냉혹하게 느껴질 때도 있다. 내려놓고 기다리며 견뎌 내자. 흙이 들어간 물병을 계속 흔들어 대면 탁해서 아무것도 보이지 않는다. 그러나 내려놓고 가만히 지켜보면 서서히 흙이 가라앉으면서 물이 맑게 변한다.

삶과 사랑이 힘들게 할 때면 잠시라도 다 내려놓고 가만히 기다려 보자. 인생이란 무대에 주인공은 이기는 사람이 아니라, 잘 견디는 사람이다. 견디면 아픔도 고통도 아물게 되어 있다.

행복 사용 설명서

아침에 일어나
미소 세 방울 떨어트린
허브차를 마신 후엔
스트레칭으로 몸을 풀어 줄 것

외출을 할 때면 반드시
친절이 농축된 향수를 옷에 뿌리고
배려가 들어간 가방을 들고
열정 표 깔창을 깐 신발을 신을 것

햇볕과 나무를 친구로 만들고
하루에 한 번씩 대화를 할 것
일상 소소한 것에 감사를 표현하고
틈나는 대로 웃음 약을 먹을 것

주머니 속엔 사랑을 아름드리 넣고

기다리는 시간의 갈피마다
영혼을 적시는 노래와 시로 채우다가
만나는 사람에게 칭찬을 할 것

반드시 주의할 점은
진정성이 없으면 효과가 없고
부정적 생각과 두려움을 갖고 있으면
거부반응이 생길 수도 있음

물건을 살 때 꼭 따라오는 것이 제품 사용 설명서이다. 그런데 그 사용 설명서가 꼭 제품에만 필요할까? 우리의 감정과 생각 그리고 꿈을 위한 실천에도 세세한 설명이 첨부된다면 막연하게 '좋은 것이 좋은 거야.', '그냥 부딪쳐 보는 거야.'라고 생각하다가 용두사미로 혹은 작심삼일로 끝날 수밖에 없다.

그런데 눈에 보이지 않는 감정이나 사랑에 대해서는 세세하게 정리해서 그대로 실천하는 것이 쉽지 않다.

많이들 이야기한다. 머리는 그렇게 하자고 생각하는데 마음은 자꾸 반대로 가는 것이다. 그래서 '적자생존'이라는 말이 나왔는지도 모른다. 자신만의 처세법을 세세하게 하나하나 적어 놓고 그것을 반복해서 외우다 보면 서서히 깊숙이 몸에 스며들 수밖에 없다. 생각은 말의 씨앗이고 말은 행동의 시발점이기 때문이다.

모든 사람들의 성공의 끝이 행복이라 한다. 그러나 행복은 결과가 아니고 과정이며, 목적지가 아니고 목적지를 가는 매 순간순간을 즐겨야 가능하다. 행복은 강도가 아니라 빈도이기 때문이다. 매일 자주 마시는 물처럼, 매끼 식사처럼 행복도 선택해서 가꾸고 다듬어야 한다.

자신만의 행복 사용 설명서를 만들어 한 번씩 읽다 보면, 메꽃의 꽃말처럼 서서히 소리 없이 깊숙이 우리 마음에 스며들 것이다.

괜찮아 괜찮아

상처가 있어도 괜찮아
아름답게 살려는 간절함이 있다면
풀꽃이 손을 잡아 줄 거야

실수를 해도 괜찮아
다시 시작할 용기를 갖고 있다면
바람이 응원해 줄 거야

가진 것이 없어도 괜찮아
희망을 간직한 가슴이 뜨겁다면
하늘이 축복해 줄 거야

이별이 와도 괜찮아
내 안의 내가 나를 믿어 주기에
생은 이미 선물이거든

참 열심히 살았다 싶은데도 손에 잡히는 것은 하나도 없고, 사랑에 아낌없었다 싶은데도 옆에 남겨진 사람은 없고, 매력적인 삶을 살려고 봉사와 도전을 멈추지 않았던 삶이었는데도 거울 속의 모습이 초라해 보일 때면 괜스레 우울해지고 삶이 무상해진다.

이럴 때 누군가 들려주는 따뜻한 말 한마디!

"넌 여전히 괜찮아!"

이 말을 듣고 싶지만, 정작 외로운 날엔 연락할 사람이 떠오르지 않는다.

가끔 술을 마시거나 마음이 쓸쓸한 날이면 누군가와 통화를 하고 싶어진다. 그저 넋두리를 하거나 위로받고 싶은 것인지도 모른다. 그러나 그런 날은 꼭 후회를 했다. 주제도 없는 말을 주저리주저리 늘어놓고서도 결코 마음은 후련해지지 않았다. 외려 구겨져 버린 종이나 맛이 간 과일처럼 시큼한 냄새만 남게 되었다.

지천명의 나이가 되고부터 외로운 날엔 낯선 도시로 훌쩍 떠나는 일을 즐겼다. 걷다가 쉬다가 편의점에서 파는 원두커피를 마시며 걷는 것도 좋았고, 정호승 시인의 시 〈수선화〉를 읊조리며 걷는 것도 큰 위로가 되었다. 〈수선화〉는 신화에서 모티브를 얻어 혼자 하는 사랑의 쓸쓸함과 외로움을 인간 존재의 숙명으로 받아들이게 하는 작품이다.

그리스 신화에 나오는 미소년 나르시스(나르키소스)는 강의 신 세피수스와 요정인 리리오페 사이에서 태어났다. 나르시스는 어느 날 물속에 비친 자신의 모습을 보게 되었고, 세상에서 처음 보는 아름다운 얼굴이라 여겼다. 그 모습이 자신이라고는 미처 생각지 못하고 응답이 없는 사랑에 빠진 나르시스는 그 모습을 찾아 물속으로 들어가 숨을 거두고 만다. 그 후 나르시스가 있던 자리에서 꽃이 피어났고 그것이 바로 수선화(narcissus)다.

외로움이 유독 나에게만 있다고 생각할 때면 힘들고 아프다. 그러나 누구나 외로움을 안고 산다고 생각하면 가볍게 넘기게 된다. 사람은 수시로 일어나는 감정이나 사건으로 힘든 것보다 그것을 대하는 태도로 삶의 무게가 달라진다. 훌훌 털고 쉽게 일어나는 사람이 있는가 하면, 꽁꽁 묶어 놓고 그 안에서 헤어 나오지 못하는 사람도 있다. 그런데 아무리 생각해도 방법은 하나뿐이다. 바꿀 수 있으면 바꾸고, 바꿀 수 없으면 받아들이는 일뿐이다.

삶이 힘들 때면 가장 멋진 벗인 내 안의 나와 함께 열차를 타고 목적지 없이 훌쩍 떠나 보자. 자연의 세세한 모습과 깊은 울림까지 느낄 수 있는 귀한 시간이 될 테니까 말이다.

해 질 녘 거리에서

태양이 물구나무를 서면서
자신의 마지막 에너지까지 보낼 때
자연은 스스로를 비우며
하루를 정리한다

보내야 할 것은 보내고
잊어야 할 것은 잊어야 할 시간
성숙하지 못했던 하루를
깨끗이 닦는다

내가 태양처럼 살 수 없다 해도
내가 바람의 말을 들을 수 없다 해도
내가 들꽃이 될 수 없다 해도

고맙다, 사랑한다
가로등이 눈을 뜨는 거리에 서서

생의 뜨거운 순간을
느낄 수 있음에

해 질 녘 거리를 걷다보면 파스텔 톤으로 채색된 거리가 마음속에 달콤한 낭만을 불러일으킨다. 시적이기도 하고 야외미술관처럼 느껴지는 분위기에 취해 목적지 없이 걷는데도 괜스레 기분이 좋아진다.

우연히 반가운 벗이라도 만나 선술집에서 파전에 막걸리를 시켜 놓고 박인환 시인의 〈목마와 숙녀〉에 대한 감상과 로댕과 까미유 끌로렐의 생을 떠들면서 문학과 사랑의 이야기로 꽃피워도 좋겠다는 생각이 든다. 저무는 시간이면 그렇게 박제된 감성이 솔솔 깨어나는지, 내 기억 속에 머물고 있는 모든 것들이 애틋하고 따뜻해진다.

석양이 물구나무를 서는지 산등성이 너머로 주홍빛 뫼비우스의 띠를 펼쳐 놓은 듯한 하늘에 탄성이 절로 난다. 항상 느끼는 일이지만, 일출에서 느낄 수 없는 신비함이 일몰에서 느껴진다. 아마도 떠나가는 것에 대한 안타까움과 아쉬움이 어려 있어 더 간절하게 보이는지도 모르겠다. 영원하지 않기에 아름다운 청춘처럼, 다시 오지 않기에 소중한 오늘처럼.

하루가 저무는 시간은 그렇게 오만 가지 생각으로 부산했던 마음에 산사의 고즈넉한 풍경이 스며드는지 그저 살아 있다는 것에, 깨어 있다는 것에 내가 고맙고 내 생이 아주 근사해 보인다.

마음

꽃을 보면
눈동자엔 꽃밭이 그려지고
구름을 보면
가슴엔 하늘 냄새가 나는데

미움과 벗을 하니
마음에 꽃과 하늘 향기가
머물 자리가 없는 게지

좋은 말을 하면
얼굴이 해처럼 환해지고
선한 행동을 하면
영혼이 별처럼 반짝이는데

허욕과 동거를 하니
마음에 들어온 햇발도 별빛도

줄행랑을 치는 게지

창가 탁자 위에 안개꽃을 담은 꽃병이 놓여 있다. 밋밋했던 탁자에 그저 꽃병 하나 놓은 것뿐인데 멀리서 보니 한 폭의 그림처럼 보인다. 물론 쓰레기통도 그림이 된다. 그러나 쓰레기통과 오물이 널브러진 모습을 사진으로 담거나 그림으로 그리게 되면 마음이 어두워지고 우울해진다. 감추고 싶은 내면의 치부를 보는 것 같기도 하고 갈 곳 없는 노숙자들의 삶의 단면 같기도 하다.

빈 통에 꽃을 꽂으면 꽃 통이 되고 술을 담으면 술통이 되고 똥을 담으면 똥통이 되는 것처럼, 그릇의 모양보다 그 안에 담긴 재료가 얼마나 중요한지를 말해 주고 있다. 그릇은 우리의 겉모습이고 재료는 우리의 생각과 감정과 행동이다. 병에 담아 놓은 재료가 중요한 것은 시간이 지나면서 재료가 담고 있는 냄새가 배기 때문이다. 아름다웠던 모습이 어두운 생각으로 일그러질 수도 있고, 추했던 모습이 밝고 긍정적인 생각으로 빛 고운 모습으로 바뀔 수도 있다.

마음의 재료가 양질로 채워지려면 쓰레기 더미에서도 그 옆에 피어 있는 민들레꽃을 보며 감사할 수 있어야 한다. 상실의 고통 속에서도 희망과 용기를 선택할 수 있어야 한다. 미움과 허욕과 동거를 하지 않으려면 내면에 일어나는 생각과 감정 그리고 말을 끊임없이 정제하고 다듬어야 한다.

환기되지 않는 공간은 퀴퀴한 냄새로 가득 차게 되고, 환기되지 않는 마음은 허욕과 근심으로 가득 채워질 수밖에 없다. 반복된 생각과 말은 어느새 그 사람의 모습과 일치되어 간다.

깊어진다는 것

마음이 깊어지면서
가슴에서 강물 소리가 들리듯
그리움도 깊어지면서
심장에 꽃물이 스며드는 게야

눈빛이 깊어지면서
소소한 일상이 풍경이 되듯
사랑도 깊어지면서
보이지 않는 아름다움을 느끼게 되지

산은 산의 자리에서
풀은 풀의 자리에서
물은 물의 자리에서
나무는 나무의 자리에서
이 얼마나 멋진 일인가

마음이 깊어지면서

가슴에서도 들길을 만날 수 있듯

그리움도 깊어지면

시가 되고 소설이 되는 게지

깊어진다는 것은

바람처럼 자유로워지는 것

비로소 고독과 친해질 수 있는

용기가 생기는 것

그리하여

존재 그대로 받아들이고

상처에도 비상을 멈추지 않는 것

깊어진다는 것은

깊어진다는 것, 깊어지는 마음은 무엇일까?

"저 사람은 마음이 깊어!"

아주 느긋하면서도 진중(鎭重)한 느낌이 들고, 깊은 산중이나 깊은 바다를 생각하면 왠지 사람의 손길이 미치지 않는 원시의 아름다움을 품고 있는 느낌이다.

세상을 보는 눈이나 사물을 보는 눈도 깊어지면 외부에 드러난 모습을 넘어 보이지 않는 것까지 보게 된다. 나무의 모습뿐만 아니라 나이테나 뿌리가 그려지고, 나무에 관한 스토리나 나무에 머물고 간 사람들의 모습까지 말이다.

마음이 깊어진다는 것은 바위처럼 단단해지는 것도, 동굴처럼 속을 알 수 없는 것도 아니다. 그렇다고 잘 익은 열매처럼 탐스러운 모습을 말하는 것도 아니다. 어떤 바람에도 어떤 유혹에도 휘말리지 않고 유유자적(悠悠自適)할 수 있는 사람이다.

비가 오면 오는 대로, 눈이 오면 오는 대로 받아들이고 즐길 수 있는 사람이다. 깊어진다는 것은 자유를 즐기면서도 방종하지 않고 비상을 꿈꾸면서도 추락을 두려워하지 않는다는 것이다. 타인의 관심에 급급했던 허물을 벗고 내 안의 나를 저 혼자 떠돌게 하지 않는다는 것이다.

깊어진다는 건 일시에 뜨겁게 타오르는 것이 아니다. 서서히 소리 없이 스며드는 것이다. 그렇게 스며들 때까지 아무리 힘들어도 자신을 믿고 기다릴 줄 알아야 한다. 사랑도 깊어지면 존재 그대로 감사하게 되는 것이다. 혹여 이별이 온다 해도 아낌없이 사랑한 것으로 행복을 빌어 줄 수 있는 마음자리가 넓어진 것이다.

불편한 진실

내 멋대로 사는 삶이
아름답다고 말을 하지만
내 멋대로 살게 되면
결코 아름답지 않다는 것

하고 싶은 말은 하면서
사는 삶이 멋지다고 하지만
하고 싶은 말을 다 하게 되면
결코 멋지지 않다는 것

감정에 솔직한 것이
당당한 사람으로 보인다 하지만
감정을 그대로 드러내는 것이
결코 당당해 보이지 않다는 것

미움받을 용기를 갖고

사는 것이 삶을 견고하게 한다지만
미움을 많이 받게 되면
결고 견고해지지 않는다는 것

요즘 서점의 베스트셀러를 보면 《미움받을 용기》나 《나는 나대로 산다》, 《내 멋대로 산다》 등의 책들이 많다. 나는 나대로, 내 멋대로 사는 것은 요즘 시대의 트렌드처럼 되어 버렸다. 그런데 내 멋대로 사는 일은 당당하고 자유로운 삶이면서도 상대를 불편하게 하는 일이 될 수 있다. 때문에 상대에게 불편함을 주지 말아야 하는 책임이 동반된다.

'삶은 내가 행복해지는 삶일까?
아니면 타인이 행복해야 하는 삶일까?'

물론 윈윈 게임처럼 함께 행복하면 그보다 좋은 관계가 어디 있겠는가? 그러나 삶은 똑같은 무게로 평형을 유지할 수는 없다. 내가 손해 보는 것 같으면 상대가 이익을 보는 것이고, 내 몸이 편안하면 누군가는 불편해진다.

그런데 상대의 마음을 읽지 못하고 내 마음대로 하면 어떻게 될까? 관계를 끝내고 싶다면 마음을 무시하겠지만, 유지하고 싶다면 상대의 마음을 읽도록 애써야 한다. 나를 알아주는 사람에게 고마움과 믿음을 갖는 것은 모든 사람의 속내다. 내 마음을 무시하는 사람과 가까이 지내고 싶은 사람은 없기 때문이다.

'역지사지(易地思之), 측은지심(惻隱之心), 수용(受容)'

인문학의 핵심적인 메시지다. 상대의 입장으로 생각하고 타인을 가엾게 여기는 마음, 불편하지만 받아들여야 하는 것은 소통의 핵심이다. 그럼에도 풀리지 않거나 나를 싫어하는 사람은 내려놓으면 된다. 나를 좋아하는 사람을 사랑하는 시간도 짧은 인생인데, 나를 싫어하는 사람까지 맞추려고 애쓸 필요는 없다.

좋은 사람은 행복감을 주지만 미운 사람을 품고 있으면 부정적 감정으로 인해 스트레스를 받게 된다. 몸과 마음의 이상반응(異常反應)은 나쁜 사람을 품고 있을 때 생긴다. 때문에 업무상이든 어쩔 수 없는 경우든 미운 사람을 굳이 만나야 한다면, 측은지심을 품고 역지사지해 보면서 받아들이는 건 어떨까 싶다.

삶은 똑같은 무게로

평형을 유지할 수는 없다

세 잎 클로버

멀리서 찾지 말아요
당신의 인연이 여기 있으니
날은 어둡고 길이 보이지 않을 때
내가 반딧불이 되어 줄게요

뒤돌아보지 말아요
당신의 희망도 여기 있으니
잔인한 현실에 눈물을 삼켜야 할 때
내가 샛별이 되어 줄게요

달아나려 하지 말아요
당신의 행복도 여기 있으니
육신이 흔들릴 때
영혼이 아파 올 때
내가 비타민이 되어 줄게요

내가 어렸던 1970년대 초반엔 놀이 수단이라곤 땅을 밟고 노는 일이 전부였다. 땅따먹기나 고무줄놀이와 공기놀이, 토끼풀밭에서 풀꽃 반지와 왕관을 만들어 머리에 쓰곤 말똥 굴러가는 웃음을 터트렸던 시절이었다. 그렇게 토끼풀은 유년의 추억과 우정이 고스란히 담긴 풀이기도 하다.

그리스 신화에 꿀벌들이 제우스신에게 독이 있는 풀들이 너무 많아 좋은 꿀이 있는 꽃을 찾기 힘드니 쉽게 찾을 수 있게 해 달라고 간청을 드렸다. 제우스는 커다란 붓으로 흰 물감을 묻혀 어떤 꽃을 표시해 주었는데, 그 꽃이 바로 클로버라고 한다.

우리나라에서는 클로버를 토끼들이 잘 먹는다고 토끼풀이라 한다. 잎은 대부분 3개이지만 간혹 4-5개까지 나타나기도 한다. 4잎 클로버는 사실 돌연변이로 토양이나 주변 환경에 의해 나타나는 현상인데, 드물게 나타나는 것 때문에 행운의 상징으로 전해지고 있다.

그래서일까? 유년 시절부터 토끼풀밭을 보면 네잎클로버를 찾으려고 했던 것 같다. 그렇게 무수한 세 잎 클로버를 짓밟았는데,

그때부터 순수의 마음에 허욕의 때를 조금씩 키웠는지도 모른다. 보이지 않는 행운을 찾아 보이는 행복을 외면하면서 우리는 영악(靈惡)한 사람이 되기 위해 길들여졌는지도 모른다.

그런데 나는 성인이 되어서도 영악하지도 못했고 그렇다고 순백하지도 못했다. 인간성의 미학을 추구하면서도 적당히 타협하려고 페르소나(persona)를 쓰면서 외유내강(外柔內剛)이 아닌 외강내유(外剛內柔)의 모습으로 살았으니 말이다. 속은 물러 터졌는데도 사람들은 나의 모습과 말에서 카리스마가 느껴진다고 했다.

영업을 하는 일은 맞지 않았고, 투자를 해서 돈을 불리는 일은 아예 관심을 갖지 않았다. 유치원 교사와 어린이집 원장으로 그리고 불혹의 나이부터는 프리랜서 강사로 일하는 것이 참 행복했다. 그러다 보니 황혼의 나이가 되어서도 내 명의로 된 작은 집 하나 없으니, 자본주의 사회에서 보면 참 모자라고 어리석은 사람이다. 가진 것 없어도 오지랖은 넓어 길가에 쓰러진 사람을 보고 그냥 간 적이 없었고, 누군가 갑질을 하기라도 하면 지위를 막론하고 따져야 했었다.

사랑에도 영악하지 못해 마음이 끌리면 조건을 따지지 않았다. 그렇게 한번 빠지면 산산이 불태우다가 숯덩이가 되고 나서야 무심의 마음으로 돌아올 수 있었다. 그러나 상실에 대한 시간은 너에 대한 사랑과 나에 대한 사랑을 적당히 타협할 줄 알게 해 주었고, 사랑에 대한 시선도 소유에서 존재로 보게 되었으니 사랑을 잃고 사랑을 다시 얻었다고 해야 할까?

그럼에도 불구하고 나는 여전히 꿈과 사랑을 내려놓은 적이 없다. 세 잎 클로버가 그렇게 사람들에게 짓밟혀도 여전히 행복을 전하는 것처럼, 나에게 있어 꿈은 존재의 이유이고 사랑은 영혼의 비타민이다.

참 쉽지?

저기 저 언덕에 있는
키 큰 상수리나무가 될 수 없다면
키 작은 들꽃이라도 되어 봐
아님 좋은 생각을 해 봐

저기 저 하늘에 있는
해처럼 별처럼 살기가 힘들다면
집 앞 가로등이라도 되어 봐
아님, 웃기라도 해 봐

상처받고 외로운 이들에게
매달 조금이라도 기부하기 힘들면
가끔씩 가서 말벗이라도 되어 봐
아님, 손 편지라도 써 봐

어때

누군가에게 힘이 된다는 거
참 쉽지?

"참 쉽지?"

말은 그렇게 하지만 참 쉽지 않은 일이기도 하다. 그런데 어렵다고 하면 방법이 없다. 얽힌 실타래를 급하게 풀려고 하면 더 꼬여서 영영 풀 수가 없고, 안 된다고 하면 기회는 다시 오지 않는다. 우리의 뇌와 감정은 부정적인 방향으로 쉽게 기울어진다. 행복을 찾는 일은 끊임없이 노력해야 하지만, 불행을 찾는 일은 굳이 노력하지 않아도 되기 때문이다.

뇌의 회로는 반복해서 생각하고 말한 것들을 장기기억 속에 저장해 놓고 필요할 때마다 행동으로 옮기게 만든다. 때문에 부정적인 생각이나 무심코 내뱉는 말들을 정제하지 않으면 그것이 자신의 품성이 된다. 돌부리에 넘어져서 다리 한쪽을 다쳤지만 한쪽은 무사하다. 그럼에도 우리는 무사한 다리의 고마움은 잊고 다친 한쪽 때문에 화를 내고 스트레스를 받는다. 장기기억 창고에 자신이

입력시켜 놓은 부정적 감정 때문이다.

기억해야 할 것은 좋은 생각과 나쁜 생각을 똑같이 저장시켰는데도 나쁜 생각이 더 많이 나온다는 것이다. 뇌신경이 나쁜 생각에 더 예민하기 때문이다. 때문에 나쁜 말을 두 번 했다면 좋은 말은 8번은 해야 내 안에서 좋은 생각을 키울 수 있다. 이왕 사는 인생, 잘 살아야 하고 즐겁게 살아야 한다.

그러기 위해서는 더 단순하고 단아한 삶이 되도록 자신에게 응원과 격려를 멈추지 말아야 한다. 누군가에게 힘이 된다는 것 또한 쉽다고 생각하면서 말이다. 문을 잡아 주는 일이나 물건을 들어 주는 일이나 따뜻한 말 한마디, 친절한 행동, 그리고 싱그러운 미소…. 이런 행위들은 누군가를 행복하게 하면서도 비용이 전혀 들지 않는다. 무엇보다 나를 더 근사하게 만드는 일이다.

생각이나 무심코 내뱉는 말들을 정제하지 않으면

그것이 자신의 품성이 된다

곁핍이 주는 행복

잘나지 못한 외모 때문에
빛을 발하지 못했지만
누군가의 배경이 되었다면
이 또한 행복입니다

가난한 부모에게 태어났어도
소소한 일상과 육신의 건강함에
감사하는 법을 배웠다면
이 또한 행복입니다

사랑보다 깊은 상처를 남기고
떠나 버린 사람이 있다 해도
열정을 불태웠던 추억이 있다면
이 또한 행복입니다

갈대처럼 흔들리는 삶을

통제하지 못하고 시간을 잃었지만
지금이 선물임을 알았다면
이 또한 행복입니다

분노를 다스리지 못하고
치부를 송두리째 보여 주었다 해도
배려의 소중함을 깨달았다면
이 또한 행복입니다

존재하는 모든 것
갈참나무처럼 든든한 벗
멋지게 변하는 나
아! 이 모두가 행복입니다

우리 인생은 하늘을 보며 웃을 때보다 땅을 보며 울 때가 많다. 왜 낮은 곳을 보면 어둡고 그렇게 습한지….

'결핍이 행복하다.'

모든 것을 잃었을 때, 결핍이 행복하다는 말은 분명 현실과 동떨어진 이야기일 것이고 그것조차 사치일지도 모른다. 어쩜 시(詩)니까 소설이니까 그렇게 쓸 수 있는 것이라고 말할 수도 있다. 틀린 말은 아니다. 그러나 다른 출구가 없다면 어떻게 해야 할까? 가진 것이라고는 마음밖에 없는데 원망이나 후회로 보내는 일은 자신에게 더 처절한 생채기만 낼 뿐이다. 능력 없는 부모와 척박한 환경, 특별한 재능 하나 없는 자신을 탓하면 탓할수록 비루해진다.

가까운 친구를 만나 불평을 털어놓는 일도 반복하다 보면 동정을 할지는 모르나 그 친구도 차츰 거리를 두고 싶을 것이다. 모든 사람들은 자신이 처한 문제만도 힘들게 생각한다. 직업상 상담가나 정신과 의사가 아닌 이상, 누군가의 신세 한탄을 편안하게 들을 여유가 없다. 때문에 지금 처한 상황을 어찌할 수 없다면 받아들이는 일밖에 도리가 없다.

생각을 바꾸고 언어를 바꾸면, 마음도 조금씩 안정을 찾게 된다. 삶이 꼬여서 풀리지 않고 빛이 보이지 않아도 그곳에서 발판을 삼고 희망을 찾아야 한다. 밑바닥은 바꾸어 생각하면 도약할 수 있는 디딤돌이다. 더 이상 내려갈 곳이 없을 때는 올라오는 길밖에 없기 때문이다.

우리가 사는 세상은 모든 이들에게 공평하지 않다. 권력이 있는 자와 부자들에게 넉넉하고, 힘이 없는 자와 가난한 자에게 무심하고 인색한 것이 사람들의 심리다. 때문에 살되, 제대로 살려면 지금의 환경에서 긍정적 의미를 찾는 길밖에 없다.

낮은 자리를 받아들이게 되면 그곳에 희망이 있다. 억겁의 시간이 흘러도 생명의 근원이 되는 흙처럼 물처럼 말이다. 그때 결핍은 보다 더 성숙한 사람으로 만들어 주는 씨앗이 된다. 긍정적으로 생각하는 것이 너무 힘들 때면 시를 쓰거나 좋은 문장 한 구절 낭송해 보면 그것만큼 위안이 되는 것도 없다.

내가 그랬다. 사랑을 잃고, 운영난을 겪던 학원도 접고, 모두가 잠든 밤이면 공원에 나와 명멸하는 불빛을 보며 속울음을 삼키고 나서야 잠을 청했었다. 그런 날은 시를 적다가 시와 연애를 하다가 잠이 들었는데 참 따뜻한 꿈속이었다. 꿈과 사랑의 부재가 준 시(詩)와의 은밀한 거래랄까? 그리고 꿈을 향해 달리기 시작했다.

사십 대 후반부터 나는 행복협회를 만들고 웃음과 행복에 관한 강의를 여러 대학 평생교육원에서 열었고, 기업과 단체의 강의 러브콜을 받으며 전국을 다녔다. 이 직업은 보헤미안 기질이 있는 나에겐 최고였다. 한두 시간 강의를 하고 돈도 벌고 주변 여행도 즐기며 내 안의 나와 책과 연애를 하며 보낼 수 있으니 말이다.

걷는다는 것

내 안에 있는 나
하루에도 수십 번 성을 쌓다 허물고
감정의 능선을 오르내리다
허우적거리는 삶

양심이 욕심을 이기지 못하면
몸과 영혼의 소리를 망각하게 되는 것
그 별리의 거리를 좁히기 위해
이제 걸어야 한다

소중한 시간을 잃어버리고
눈앞의 빛 고운 풍경을 찾지 못하고
소소한 감사를 놓쳤던 삶을
내 안으로 불러야 한다

걷는다는 것은

뜨거운 나를 건지는 것
몸이 말하는 소리를 마음이 듣는 것
그리하여 나와 내 안의 내가
온전히 하나가 되는 것

이제는 걷자
어제와 내일의 짐을 내려놓고
오늘의 짐만 지고 걷자
참 근사하지?

2020년 1월 세계적인 전염병인 코로나의 강타로 오랫동안 해왔던 기업과 단체 강의가 뚝 끊기고, 13년간 운영했던 대학 평생교육원 수업이 폐강되었다. 그렇게 할 일을 잃은 백수가 된 지 1년이 넘어간다.

바쁠 때는 잠깐씩 짬을 내어 여행을 하고 글을 써 왔는데 시간이 남아도는데도 하릴없이 멍 때리고 뒹굴거리다 가끔 유튜브에 영상을 올리거나 간간이 주문받은 페브릭 페인팅 그림을 그리며 시간을 보냈다. 하루하루가 무의미하고 무상해질 때쯤, 나는 우리나라 국토 종주 트레킹을 하자고 마음먹었다.

2021년 1월 23일, 국토 종주 트레킹 시작점인 통일전망대로 향했다. 혼자 걸어야 하는 길, 길도 숙소도 전무했지만 핸드폰 길 찾기 앱을 따라 하루 25㎞ 정도를 잡고 그 지점에 있는 숙소를 미리 정했다. 통일전망대에서 출발하여 동해 해파랑 길에서 정동진과 임원 그리고 포항을 거쳐 부산 을숙도를 찍고 진해 사천, 광양으로 해서 벌교, 강진에서 해남까지 41일 동안 1,018㎞를 걸었다.

긴 여정 끝에 해남 땅끝 마을에 도착했을 때의 그 벅찬 환희와 감동을 뭐라 표현할까? 길고 긴 터널을 걸어야 했고 끝도 없는 국도를 걸어야 했고, 벌교에서 보성으로 넘어 가는 33㎞ 구간에서는 하루 종일 비를 맞으며 걸었는데도 마음 깊은 곳에서는 희열이 생겨났다.

힘들 때면 대한민국의 국토에 내 발자국을 하나씩 하나씩 남기고 있다는 생각을 했다. 바닷길이나 국도나 그리고 인적 드문 들길로 걷다 보니 식사할 때가 마땅치 않았다. 아침엔 우유나 빵으로 먹고 목적지에 도착해서야 식사를 했으니 하루 한 끼 정도 먹고 평균 25㎞를 걸은 셈이다.

포항바닷길을 지날 때는 낚시꾼들에게 떡국을 얻어먹고 대보름날에는 하동 농협마트 케샤 언니에게 오곡밥을 얻어먹었다. 창원

공원묘지를 돌때는 꽃 파는 아주머니가 손짓을 하며 오라고 하시더니 사과와 찐 계란을 내밀었다. 친구와 지인들이 십시일반 후원금을 보내며 국토 종주의 대장정 길을 따뜻한 응원과 격려로 힘을 주었다. 어쩌면 그들의 응원과 격려의 힘이 있었기에 중간에 포기할 수가 없었는지도 모른다.

그렇게 내 몸이 말하는 소리를 마음이 들을 수 있었던 41일간의 국토 종주 대장정 길은 내 인생에서 내가 나에게 주었던 또 하나의 선물이었다.

겨울 안부

당신 잘 있나요
간밤에 다녀간 눈발들이
은빛 주단을 펼친 듯 반짝이는 아침
햇살이 들어간 아메리카노 맛에
목구멍이 알싸해지네요

기다림에 아랑곳없이
아무 일 없듯 반복되는 하루
한파에도 해맑은 나목들과 풀잎들
테라스에 앉은 박새 한 마리가
괜찮다고 듯 웃어 주네요

자연처럼 산다는 것이
그리움을 산화시킨다는 것이
제 몸을 때려 울림을 주는 쇠 종처럼
육신을 아프게 담금질할 때면

밤은 왜 그리 푸른지요

봄이 함묵의 산을 넘어오면
사과꽃도 조팝나무꽃도 깨어나
쓸쓸한 창밖을 풍성하게 만들겠지요
그때를 위해 마음의 이랑에
꽃씨를 뿌려야겠어요

겨울의 끝자락에 남아 있는 잔설을 보면 떠나가야 하는 계절의 애잔함이 오롯이 남아 있는 듯하다. 순백했던 시절도 한때라는 듯 서서히 사멸하는 몸짓에서 숭고한 아름다움이 느껴진다. 때가 되면 오고 가고 때가 되면 피고 지고하면서도 뒷걸음치지 않고 당당하게 떠나는 자연처럼 사는 일만큼 고고한 삶이 있을까 싶다.

자연은 매 순간 같은 모습이라지만 늘 색다른 모습으로 찾아오는 계절의 모습이다. 어쩌면 자연도 나도 어제의 내가 아니다. 그런데도 나는 어제에 발목이 묶여 한 걸음도 앞으로 나아가지 못하고 제자리걸음을 하고 있는 것은 아닌지, 아니 뒷걸음치다가 걸려 넘어지면서 또 시간을 갉아먹고 있는 것은 아닌지 모르겠다.

언제쯤이면 자연처럼 늘 새로운 모습으로 깨어나 내 안의 나에게 떳떳하게 살 수 있을까? 함묵의 산도 나무도 강물도 떠나는 겨울과 작별하느라 속으로 울음을 삼키고 있을까? 아니면 새봄을 기다리며 웃고 있을까?

'길고 깊었던 겨울, 그리운 그대도 잘 지내겠지?'

안부를 전하려니 차가웠던 가슴에서 온기가 느껴진다. 벌써 마음의 빈터에 이팝나무와 조팝나무 꽃들이 하늘거리는 듯하다.

비밀의 정원

아낌없이 사랑해도
온전히 가질 수도 없고
내려놓을 수도 없는 사람이
내 안에 정원이 되었죠

허기진 그리움 때문에
눈뜨지 못한 아침이 오면
햇발이 되고 바람꽃으로 피어나
깨어 있는 하루를 선물하죠

계절이 오고 떠나고
해가 바뀌고 강산이 변해도
푸르게 번식하는 들판과 숲길처럼
희망이 날개가 되어 주는 곳

마음하나 다스리지 못하고

시간을 저 혼자 떠돌게 할 때면
용기의 노둣돌이 되기도 하고
비움을 위한 쉼터가 되는 곳

나는 그렇게 하루를 시작하죠
사랑의 숨결이 느껴지는 그곳에서
나는 그렇게 꿈꾸며 잠이 들죠
당신의 영혼을 이식해 놓은 곳에서

우연한 만남이 인연이 되고 그 인연이 운명이 되어 어느새 일상의 선물이 된 사람, 우리는 그 사람을 하늘이 내린 축복이라고 한다. 그런데 사랑이란 인연에 있어 가장 고통스럽게 하는 부분이 운명과 축복 사이에서 더 이상 움직일 수 없다는 것이다. 어떤 이유가 되었든 이룰 수 없는 사랑은 몸과 마음에 사리를 키우고 돌멩이를 매달아 놓는 일이다.

찰나의 인연으로 일생을 그리워하며 살기도 하고, 사자(死者)와 영혼결혼식을 올리는 사람도 있고, 감옥에 있는 무기수(無期囚)와 사랑에 빠지는 사람도 있고, 맹인과 농아와 결혼을 하고, 사지가 없는 사람과 사랑하기도 하고, 동성연애를 하는 사람도 있고, 불륜임을 알지만 그 사랑을 숙명으로 받아들이는 사람도 있다.

사랑에 있어 연애 전문가나 심리학자나 철학자들조차 제각각 다르게 말한다. 좀 더 지혜롭고 좀 더 아름답게 사랑하는 기술을 제시할 수는 있어도 각자의 선택이고 선택에 따른 책임을 지는 일뿐이다.

생텍쥐페리는《어린왕자》를 통해 이렇게 말했다.

"사랑에 대한 백 번의 연설도, 단 한 번의 사랑의 행동에 미치지 못한다는 걸."

결국 사랑에 대한 수많은 이론을 알고 있어도 한 번의 경험을 따라갈 수 없다는 의미이다.

운명적 사랑이나 고결한 사랑 너머에는 아픔을 이겨 낸 인내의 시간이 숨어 있다. 설혹 하나의 사랑으로 마침표를 찍지 못한다 해도 따뜻한 그리움이나 아름다운 이별로 승화시킬 수 있다면 사랑을 잃고도 사랑을 다시 얻게 된다. 결혼으로 이어진 사랑만이 전부가 아니다. 함께하는 사랑만이 행복한 것은 아니다. 짧은 사랑 긴 이별이 되었다 해도, 그리움이 생의 전부였다 해도 그 사람을 통해서 최고의 사랑과 빛 고운 추억을 만들었다면 얼마나 아름다운 일인가?

사랑은 눈으로 확인하는 것이 아니라 가슴으로 느끼는 것이다. 가끔, 그리움이 너무 깊어 우울해질 때면 눈을 감고 나만의 비밀 정원을 거닐어 보자. 꽃이 되고 나무가 되고 별이 되어 반짝이는 사랑의 숨결을 느낄 수 있을 것이다.

행복

두 눈이 보고 있는 것
두 귀가 듣고 있는 것
두 손이 하고 있는 것
두 발이 가고 있는 곳
그 하나하나에 좋은 의미를 새기는 것

이 평범한 것들을 입을 통해
감사할 수 있는 것

행복에 모음 'ㅣ'를 빼면 항복이 되고 프로에 점 하나를 붙이면 포로가 되고 신물이 선물이 된다. 결국 행복이나 항복, 프로나 포로나 신물이나 선물이나 다 점 하나의 차이라는 것이다. 그런데 그 점 하나가 극과 극의 상황을 만들어 버린다. 결국은 똑같은 상황에서 우리가 어느 것을 보고 어느 곳에 무게를 두느냐에 따라 행복할 수도, 불행할 수도 있다는 것을 말해 주는 것이 아닐까 싶다.

아무리 많은 돈을 갖고 있어도 볼 수 없고 들을 수 없고 말할 수 없는 장애를 갖고 있다면, 나는 가진 돈을 다 잃는다 해도 눈과 귀를 원할 것이고 두 발을 원할 것이다. 내 발로 자유를 만끽하지도 못하고 자연의 신비함을 눈으로 보지 못하고 사랑하는 사람의 말을 들을 수 없다면 그보다 큰 고통이 있을까? 그러나 안타깝게도 우리들은 그 귀한 행복을 자주 망각한다.

소소한 일상에서 감사함을 느끼고 표현할 수 있다면 우리 삶은 훨씬 더 풍성해질 수 있다. 그러기 위해서는 매일 일어나는 허욕과 이기적인 생각을 비우고 다듬고 정제하는 기술을 익혀야 한다. 행복은 저절로 오는 것이 아니라 선택이고 연습이고 표현이다.

우리는 머리에 저장한 행복에 대한 상식과 이론을 행동으로 옮기지 않는 데 있다. 행동으로 이어지지 않는 과다한 정보나 생각은 두통을 일으키고 스트레스로 이어질 뿐이다. 그렇게 우리는 매일 배우는 것은 잘하고 있는데 익히는 것에 인색하다. 배운 것을 익혀서 내 것으로 만들어야 변화와 성장이란 자리에 한 걸음 다가갈 수 있다.

비대했던 몸이 운동을 통해 근육질로 바뀌고, 황폐했던 정원의 흙을 고르고 씨를 뿌리니 꽃들이 눈부신 모습을 드러낸다. 행복과 동거하는 일, 또한 감사의 근력을 키운 연습의 결과물이다. 그러기 위해서는 긍정적인 셀프 토크를 즐겨야 한다. 내 몸과 마음에게, 내 주변을 둘러싸고 있는 사람들과 자연에게 시원한 목소리로 감사를 전해 보자.

마음 정원

생각을 바꾸어
떨어트린 긍정의 물길이
희망의 싹이 되고
열정의 꽃이 피어나는 곳 아세요

말을 바꾸고 행동을 바꾸어
나와 너를 받아들이고 믿어 줄 때
사람을 배려하는 아름다움이 피어나
온정의 손길로 풍성한 곳이에요

꽃의 향기가
사람의 몸으로 이식되고
나무의 싱그러움이
사람의 마음에서 자라는 곳

따뜻한 말과

두 손과 두 발이 너를 향해 갈 때
내 몸에서 나오는 풀 향기
일 년 삼백육십오 일 휴일이 없는
마음 정원을 분양합니다

당신도 주인이 될 수 있어요

자신의 내면에서 일어나는 생각이 잔인한 생각이든 유쾌한 생각이든, 남에게 피해를 끼치지는 않는다. 문제는 말을 하면서부터이다. 말은 그냥 나오는 것이 아니라, 생각이 모여 언어라는 옷을 입고 나오는 것이다. 내 안에서 내가 지배했던 생각이 언어의 옷을 입고 외출하면서 그 옷의 모양과 빛깔처럼 행동하게 된다.

"난 왜 이 모양이지?"

누군가 이렇게 자신에게 소리칠 때, 그 의미는 제대로 된 모습을 갖고 싶다는 항변이다. 그러나 뇌는 단순하다. 말이 품은 뜻을 읽지 못하고 그 언어에 대한 행동을 하도록 뇌는 충성을 다한다.

음식의 찌꺼기를 망에 걸러서 내보내지 않으면 하수구는 막혀 버린다. 보이지 않는 지하에 묻어 놓은 모든 배관들은 오물과 녹이 쌓이면서 물길을 막아 버리고 결국은 터져 버린다. 우리의 내면에 있는 생각 또한 정제하고 여과시키지 않고 내보내게 되면, 인간관계를 망치는 것은 물론 인성까지 형편없이 보이게 한다.

나의 세계를 더 넓고 풍요롭게 만드는 길의 시작이 언어이다. 지금 가진 것이 없고 부족한 것이 많아도 마음속 정원을 풍요롭게 꾸밀 수는 있다. 그러나 그것은 저절로 되는 것은 아니다.

누군가 나를 서운하게 만들거나 화나게 할 때, 잠시 눈을 감고 심호흡을 해 보자. 날숨을 통해 화의 기운을 내뱉고, 들숨을 통해 마음에 평정을 담아야 한다. 그때 내 몸에서 나오는 풀 향기를 음미해라. 매 순간 꽃의 향기와 나무의 싱그러움을 가슴으로 느끼고 긍정적인 언어로 자신과 대화하는 연습을 해야 한다. 그리고 자신에게 소리 내어 들려주자.

"아, 좋다. 내 몸의 향기! 내 마음의 정원!"

산다는 건

눈빛은 웃고 있어도
가슴엔 외로움이 고이는 것
그리하여 울음이 타는 그 자리에
희망의 씨를 뿌려야 하는 것

절망에 허우적거려도
열정을 품고 있어야 하는 것
그리하여 태양이 뜨는 시간이면
자신을 믿어야 하는 것

다시 마음을 토닥거려
꿈을 위한 도전을 멈추지 않는 것
그리하여 자신과 타인과 세상을
온몸으로 사랑하는 것

산다는 건…

웃고 있어도 눈물이 난다는 것은 너무 행복해서일 수도 있고 너무 애틋해서일 수도 있고 너무 아파서일 수도 있다. 그것은 말로는 표현할 수 없는 마음에서 터져 나오는 진한 감동인지도 모른다. 어쩌면 자신의 나약한 모습을 감추고 고고하게 살고 싶다는 내면의 간절함일 수도 있다.

더불어 사는 세상이라 해도 삶을 멋지게 연출하는 일은 자신의 몫이고 자신의 책임이다. 아무리 힘들고 아파도 그 치유는 본인이 할 수밖에 없다. 힘든 사정을 친구에게 털어놓으면 위로도 되고 문제의 실마리가 풀리기도 한다. 그러나 상대의 지나친 조언과 격려는 외려 자신을 초라하게 만들 수도 있다. 고민도 자주 말하면 상대에게 부정적인 이미지와 부담을 줄 수 있다.

사람은 누구나 따뜻한 이야기, 희망찬 이야기를 듣고 싶어 한다. 그렇다고 거짓으로 자신을 꾸밀 필요는 없다. 중요한 것은 힘들 때마다 누군가에게 의지하고 싶은 충동을 내려놓고 내 안의 나와 이야기해 보는 시간이 필요하다는 것이다. 그래도 풀리지 않을 때는 가족과 친한 친구나 그것도 싫으면 정신과 상담도 많은 도움이 된다.

산다는 건 그렇다. 아무리 내 문제를 타인에게 말해도 결국 문제를 해결할 사람은 나밖에 없다는 것이다. 때문에 매일 아침, 그리고 잠들기 전 마음을 돌아보고 성찰하는 시간을 가져야 한다. 타인의 어떤 칭찬도 내가 나에게 하는 칭찬의 벽을 넘을 수 없다.

때문에 나에게 삶의 의미와 열정을 불어넣는 일을 멈추지 말아야 한다. 열정이 사라진 삶은 더 이상 성장이 없고 그때부터 허무감이 마음에 똬리를 틀게 한다. 산다는 건 자신과의 끝없는 싸움이고 혁명이다. 자신과 타인과 세상을 온몸으로 사랑하기 위해서 말이다.

나에게 쓰는 편지

내 삶에
아픔이 많다는 건
더 눈부신 꽃을 피우기 위해
몸부림치는 거라는 걸

내 삶에
폭풍이 몰아치는 건
비옥한 마음의 밭을 가꾸라는
하늘의 소리인 걸

달콤한 유혹에도
뿌리 깊은 나무가 되어
낮은 자리를 외면하지 않는 내가
그저 고맙고 기특하다

꿈을, 희망을

한 번도 포기하지 않고
또다시 새로운 도전을 즐기는
내가 나여서 고맙다

사랑한다
사랑한다
나를, 내가 가꾸는 삶을

살다 보면 좋은 일과 좋지 않는 일이 반반으로 생긴다. 그럼에도 우리 삶은 왜 좋지 않은 일이 더 많이 일어나는 듯한 느낌일까? 이는 우리의 뇌가 힘든 쪽에 더 예민하게 반응하기 때문이다. 서로 비등한 무게에도 마음은 늘 좋지 않은 쪽으로 기울고 있다. 인간관계에서도 아홉 번을 잘해도 한 번의 실수에 결별을 당하기도 한다.

소통의 법칙에 8 대 2의 법칙이 있다. 나쁜 말을 2번 했다면 좋은 말을 8번은 해야 나쁜 말이 희석될 수 있다는 의미이다. 그러나 현실은 단 한 번이라도 나쁜 말을 들은 사람은 상대가 여러 번 사과를 해도 마음의 앙금이 남아 있게 된다.

그런데 우리 삶은 매 순간 크고 작은 감정과 사건과 사고와 맞닥트리게 마련이다. 게다가 이 세상에는 삶과 죽음, 여름과 겨울, 밤과 아침, 희망과 절망, 상처와 용기, 사랑과 이별 등 자연과 계절 그리고 감정까지 늘 양면성이 존재한다. 이럴 때마다 우리의 생각과 행동은 어디로 흐르고 있을까?

선택이야 자신의 자유겠지만, 좋은 쪽에 무게를 두면 스트레스나 상처를 덜 받게 되고 삶은 다시 기회를 주게 된다. 10만 원을 잃어버렸다면 100만 원이 아닌 것에 감사해야 하고, 한쪽 손을 다쳤다면 두 손을 다치지 않은 것에 감사해야 한다. 갑자기 내리는 소나기를 맞으며 투정할 것이 아니라 '이것도 낭만적이네.'라고 생각하면 웃음이 난다. 일어난 사건 때문에 화가 나지만 화를 내면서 사건은 더 커질 수도 있다.

강의를 하다 보면 일정을 잡고 프레젠테이션 원고를 보내고 강의료까지 책정해 놓고도 기관의 사정에 따라 취소될 때가 종종 있다. 그럴 때면 계획이 틀어지고 수입은 날아가 버려 머리에 번개를 맞은 것처럼 짜증이 솟구친다. 그럼에도 불구하고 마음을 다잡기 위해 나는 나에게 시를 쓴다. 마음을 다스리는 시를 쓰다 보면 신기하게도 폭풍이 잔잔해지고 산들바람으로 바뀐다.

그렇게 안 좋은 일이 일어나면 속 좁은 마음의 밭을 가꾸라는 하늘의 소리라고 나를 위로한다. 내 삶에 아픔이 많다는 건 더 눈부신 꽃을 피우기 위한 선물이라고 생각한다. 이렇게 생각하는 내가 나여서 참 고맙다.

'사랑한다. 사랑한다. 나를….'

그러니까 당신도 힘내

살아간다는 건
사랑을 베푸는 일도
욕심을 비우는 일도 중요하지만
견디는 연습을 해야 해

삶의 현장을 세세히 보면
쉽게 지치는 사람과 지치지 않는 사람
잘 견디는 사람과 못 견디는 사람
그렇게 두 편으로 갈리지

때문에 마음이 휘청거리면
'힘내'라고 내가 나에게 들려줘야 해
그렇게 하다 보면 어느새 '힘내'가
'내 힘'이란 근력이 되거든

살아간다는 건 그렇게

죽는 순간까지 자신과 타인에게
격려해 주는 일이 아닐까
그러니까 당신도 힘내!

소파에 앉아 멍하니 창밖을 바라보고 있었다. 간밤에 내린 빗물에 떨어진 대추알들과 낙엽들이 속울음을 삼키는 듯, 가끔씩 들썩거리는 모습이 애처롭기까지 하다.

'그들도 나처럼 마음이 아픈 걸까? 그들도 가슴에 맺힌 것들을 토해내지 못하고 떠나는 것이 서러웠던 걸까?'

일에 대한 성취도 돈도 아무것도 내게 남겨진 것이 없다는 생각이 들 때면, 오장육부 안에선 고무 타는 냄새만 난다.

나는 고교 시절부터 봉사회를 만들어 휴일이면 한국구화학교와 고아원을 찾아가 레크리에이션을 하며 보냈다. 주경야독으로 대학을 마치고, 특수 교사와 유치원 교사로 일하면서 사랑의 전화 상담 봉사를 하며 20대 청춘을 보냈다.

30대에는 어린이집을 운영하면서 주부봉사회를 만들어 목욕과 반찬 봉사를 하며 보냈고, 40대 초에 시작한 미술학원이 문을 닫으면서 큰 손실을 봤지만 다시 대학평생교육원에 웃음치료와 행복코치과정 수업을 개설하면서 기업과 단체에 강의를 하며 가장 열정적인 시간을 보냈었다.

그런데 지천명의 끝자락에 쓰나미처럼 밀려온 코로나로 인해 강의가 모두 끊기고 13년을 넘게 해 왔던 대학 평생교육원 수업이 폐강되어 하루아침에 백수가 되다 보니 무상(無常)한 시간만이 동그마니 내 앞에 앉아 있었다. 코로나 발발 시점에 이순(耳順)의 열차는 내 앞에 멈춰 섰고 문득문득 멜랑꼴리(melancholy)한 기분은 나락으로 떨어지게 만들었다.

울고 싶어도 눈물도 나오지 않고 웃고 싶어도 입꼬리가 올라가지 않는다. 그렇게 열정과 감성의 부재에 허무감만이 뇌와 가슴에서 똬리를 틀고 있었다. 이런 감정을 방치하다 보면 습관이 된다. 낯익은 거리, 단골음식점, 자주 부르는 노래, 자주 만나는 사람, 즐겨 쓰는 말과 표정, 이 모든 것들은 반복하면서 뇌간에 저장시킨다.

어제는 해석하기에 달렸고, 내일은 계획하기에 달렸고, 오늘은 마음먹기에 달렸다고 한다. 내 안에 서식하고 있는 감정의 쓰레기들을 솎아 내고 버려야 한다. 불편하지만 내게 일어난 일과 현실을 받아들이고 거름으로 만들어 다시 마음의 이랑에 희망과 꿈의 씨를 뿌려야 한다.

개똥밭에 굴러도 저승보다 이승이 좋다고 하지 않는가? 개똥같은 꿈이라도 꾸고 다시 달리는 것이다. 그러니까 당신도 힘내기를….

채움과 비움

비움은
채움을 위해 필요하고
채움은
비움을 받아들여야 가치가 있다

늘 비워 있으면
허허롭고 쓸쓸하고
늘 채워 있으면
답답하고 숨이 막히게 된다

내 몸
내 마음
내가 머무는 공간
내 사람

비움과 채움이

서로 격려하고 아껴 줄 때
아름답게 반짝거린다

살아간다는 것은 먹는 일과 버리는 일의 끊임없는 전쟁 같다. 시간을 먹고 음식을 먹고 걱정 근심을 먹고 나이를 먹는다. 그렇게 먹기만 하고 비우지 않으면 어떻게 될까?

음식물이 꽉 찬 쓰레기통을 비우지 않으면 악취와 구더기가 주변까지 더럽게 오염시켜 버린다. 먹기만 하고 배출을 못 하면 살이 찌는 것은 물론, 위와 대장 기능까지 상하게 만들 수 있다. 적절한 운동은 땀을 배출하고 소화 기능과 근육까지 강화시키면서도 배변에도 많은 도움을 준다.

'나이만 먹고 마음의 그릇에 욕심으로 가득하다면 어떻게 될까?'

청춘은 실수도 잘못도 용서되고 고칠 기회가 많지만, 늙었다는 것은 실수와 잘못을 바꿀 시간이 없다는 것이다. 그렇기 때문에 똑같은 행동을 한다 해도 젊은이들보다 더 추하게 보일 수밖에 없다. 나잇값이라는 것은 비워야 할 것을 제대로 비울 때 나오는 것이다.

시간을 먹기만 하고 하는 일이 없으면 무상함과 지루함으로 우울증과 자살이 생길 수 있으며, 머리를 비우지 않으면 생각 과다로 인한 심한 스트레스에 뇌혈관이 막히거나 터지는 뇌졸중이 발생할 수도 있다. 불만으로 가득 찬 마음을 비우지 않으면 심장이 압박을 받게 되고 감사하는 일을 잊게 된다.

청춘은 나이의 문제가 아니라 삶의 태도의 문제이다. 그래서 젊어도 노인 같은 사람이 있고 늙어도 청년 같은 사람이 있다. 추하게 늙어 가는 인생이 되지 않으려면 배워 익히고 나누는 일에 인색해서는 안 된다.

삶에 일어나는 문제나 범죄는 노력한 것보다 더 많이 채우려는 사람과 노력하지도 않고 채우려는 심보를 가진 사람들로 인해 생긴다. 채움의 힘이 비움의 힘보다 더 커지면 결국에는 비움을 무시하고 깔보게 된다. 한쪽이 커지면 다른 한쪽은 작아질 수밖에 없는 것이 사물과 인간의 속성이다. 과적으로 인한 사고, 탐욕으로 인한 파괴, 욕심으로 인한 다툼은 원인을 깨닫지 못하면 계속될 수밖에 없다.

나잇값이라는 것은 비워야 할 것을

제대로 비울 때 나오는 것이다

강가의 아침

풀들이 잠에서 깨면
강물은 노래를 부른다
구름이 하늘을 수놓을 때면
햇살은 방긋 웃어 준다
바람이 길을 나서려고 하면
산은 묵묵히 안아 준다

자연도 하루의 시작을
저마다 폼 나게 가꾸려는 듯
따뜻한 마음으로 서로를
격려하며 믿어 준다

눈은 다리에게 감사해하고
다리는 손에게 감사해하고
손은 머리에게 감사해하며
머리는 생각에게 감사해하며

나를 힘들게 하는 사람은
나의 마음을 시험하는 것이고
나를 지치게 하는 사람은
나의 행동을 점검하는 것이라
믿을 때, 나도 꽃이 된다

그렇게 갈망하는 순간
내 심장에서도 강물 소리가 들린다
내 피부엔 하늘 냄새가 난다
깨어 있는 삶이 고맙다

이른 아침, 강가의 둔덕에 앉아 물길을 무심히 보고 있노라면 꼭 이런 생각을 하게 된다.

'저 강물은 나보다 낮은 자리에 있는데도 어떻게 저리 유유자적할 수 있을까?'

바위가 가로막고, 사람들이 오물을 쏟아 내고, 폭풍이 불고 눈발이 내려도 그저 조용히 받아들이면서 더 넓은 길을 향해 묵묵히 가고 있다. 그런데 더 높은 곳에 앉아 어디든 가고 싶은 곳으로 훌훌 날아갈 수 있는 나는 왜 그렇게 불안하고 조급해하는지 모르겠다.

흐른다는 것은 조용히 사랑을 하고 있는 것이다. 흐른다는 것은 묵묵히 꿈을 향해 더 넓은 곳으로 가고 있는 것이다. 우리의 몸에 흐르는 피가 멈추고 장기의 움직임이 멈출 때면 삶은 끝나게 된다. 늘 그 자리에 있는 나무가 봄이 되면 잎을 돋우고 꽃을 피우는 것은 조용히 흐르고 있는 것이고, 하늘을 나는 새들도 구름도 쉬지 않고 흐르고 있다. 태양은 아침이면 어김없이 떠오르고 밤이면 별들은 어김없이 몸체를 반짝거린다.

자연도 단 한 번도 쉬지 않고 제 일을 하면서 서로의 부족한 점을 보완하고 있다. 나무와 강물이 풀들과 새들의 속살거림에 귀 기울이다 보니 그들은 서로를 향해 감사의 마음을 아낌없이 보내고 있는 것 같다. 풀은 나무에게, 나무는 새에게 강물은 바다에게 고맙다고 말이다.

그러고 보니 내 몸 하나하나도 고마운 것이 너무 많다. 이 멋진 풍경과 사랑하는 사람을 보게 해 주는 눈과 사용할 수 있는 손과 마음껏 다니게 만드는 다리부터 생각과 지각을 하게 만드는 머리에게 고맙다고 말해 본다. 그리고 나를 힘들게 했던 사람과 나를 사랑해 주는 사람과 내 마음에게 말해 본다.

"네가 있어 고맙다고, 내가 있어 성장하고 있다고…."

신기하다. 내가 풍경 속에 있는 것이 아니라, 모든 풍경이 나를 위해 있는 것이었다. 내 몸에서 하늘 냄새가 난다.

사랑은 처음처럼 삶은 마지막처럼

사랑의 시작은
꽃잎에 맺힌 물방울보다
더 청아한 모습으로 다가와
서로의 영혼에 창을 만들어 주지요

삶이 끝나 갈 때면
바람 한 조각, 발걸음 소리 하나에도
애틋하게 다가와
가슴을 미어지게 만들지요

사랑을 지키고 싶다면
웃자라는 집착을 잘라 내야 해요
소유하는 것보다
갈망하게 만드는 거지요

삶을 뜨겁게 지피려면

매일 씨앗을 뿌리고 거름을 주어야 해요
온몸이 으스러진다 해도
결코 후회하지 않도록 말예요

이렇게 살아요
사랑은 처음처럼
삶은 마지막처럼

'사랑은 처음처럼 삶은 마지막처럼'은 내 두 번째 시집의 제목이기도 하고, 여전히 독자들에게 사랑받고 있는 시(詩)이기도 하다. 이 말은 내가 추구하는 내 사랑과 삶의 간절한 바람이기도 하다. 그렇게 풋풋한 마음을 잃지 않고 사랑하다가 오늘이 마지막인 것처럼 뜨겁게 살다가 떠나고 싶다.

처음의 순백한 마음으로 누군가를 지속적으로 사랑할 수 있다면 사랑이 쉽게 퇴색되지는 않았을 텐데…. 시간이 흐르면서 처음의 신선한 마음은 퇴색되고 아집과 욕망의 늪에 허우적거리다 우리는 결국 사랑을 잃어버린다.

잘 사는 일보다 잘 사랑하는 것이 그리도 힘들까 싶다. 어쩌면 그냥 살아지는 것과 아름답게 사는 것의 차이라고 할까? 혼자 사는 자유로움 속에는 늘 헛헛한 마음이 양념처럼 들어간다. 수도승이나 수녀나 신부들 또한 사랑의 존재를 주님이나 부처님에게 쏟아붓는 것이 아닐까 싶다.

사랑이 힘든 것은 혼자만의 정성이나 희생으로 되는 것이 아니기 때문이다. 사랑은 둘이 만드는 작품이다. 아무리 명작으로 만들려 해도 어느 한쪽의 마음이 식으면 남남으로 돌아서게 되는 것이 사랑인 걸 보면 사랑은 위대하면서도 위태롭기도 하다. 아름다운 이별은 없다지만, 진정으로 사랑했노라고 말할 수 있으려면 성숙한 이별로 만들어야 한다.

"사랑을 잃고 사랑을 얻는다."

이 말처럼 이별 후에 오는 아픔과 고통 또한 성장을 위한 거름으로 만드는 것은 아낌없이 사랑했던 사람들의 숙제다.

살아 있는 모든 생물은 늙고 죽는다. 결국 살아간다는 것은 죽어 가는 길을 향해 걸어가는 것이다. 그럼에도 무한한 시간이라고 착각하고 게으름과 태만으로 금쪽같은 시간을 잃어버리고 있다. 과거의 시간들이 아무리 찬란했다 해도 존재하는 시간은 지금 이

순간뿐이다. 때문에 오늘은 마지막이 될 수도 있고 시작이 될 수도 있다. 살아 있는 날의 가장 젊은 날이 지금이니까 말이다.

일몰이 떨어지는 시간 앞에 앉아 나는 또다시 나에게 말한다. 아직 나의 꿈과 사랑은 끝나지 않았다고 말이다.

마음 비우기

비우려고 눈물을 흘려 본 이는 안다
들꽃이 왜 순백한지를
강물이 왜 도도한지를
석양이 왜 고혹한지를

스스로 만든 창살을
운명이라고 다독거리며
청춘을 세상의 문밖에 유기해 놓고
아웃사이더로 살았던 하 세월

지워야 할 때 지우지 못하고
보내야 할 때 보내지 못하고
떠나야 할 때 떠나지 못하고
침몰할 때까지 방치했던 어리석음

버리고 나면

이토록 고요로운 것을

비우고 나면

이토록 평화로운 것을

도종환 시인은 시 〈단풍 드는 날〉에서 이렇게 말했다.

"버려야 할 것이 무엇인지 아는 순간부터 나무는 가장 아름답게 빛을 낸다."

사람 또한 그렇다. 어떻게 나무와 사람의 모습이 같을 수 있냐고 반문할 수 있겠지만, 사람도 별반 다르지 않다. 다만 그것을 실천하기가 힘들 뿐이다. 마음이 잘 정리된 사람은 누구에게나 친절하고 따뜻하다. 그런 사람은 불필요하게 화를 내거나 작은 일에 스트레스를 받지 않는다.

마음이 여유가 있다는 것은 마음자리가 넓다는 의미이다. 그런 사람들은 마음에 쌓인 앙금이나 허욕과 집착이라는 불순물을 그때그때마다 버릴 줄 알기 때문이다. 화나 스트레스는 결국은 자신의 마음그릇보다 넘치는 생각이나 욕심을 품고 마음 청소를 못하고 있을 때 일어나는 현상이다. 결국은 마음을 비우거나 마음의 그릇을 크게 만들어야 반복되는 화로부터 벗어날 수 있다.

매일 먹은 음식을 제대로 배설하지 못하면 살이 찌는 것은 물론, 몸속의 찌꺼기 때문에 내장 기능이 문제가 생긴다. 집 안이나 거리나 공원을 매일 청소하지 않으면 오물로 주변의 모습까지 불결하게 만든다.

마음 또한 과다한 생각으로 스트레스를 받게 되고, 그것이 몸으로 전이되어 심장을 압박하고 두통을 부르고 소화기관을 망치게 한다. 뇌가 담기에 힘들 정도로 많은 생각을 하게 되면 회로가 끊기거나 엉키게 된다.

일이 틀어지고, 엄청난 손해를 보고, 믿었던 사람이 등을 돌리고, 전부를 걸었던 사랑이 떠나갔다 해도 내려놓고 비울 수 있으면 상처의 자리엔 어느새 새살이 돋아난다.

아픔도 상처도 잘 익으면 보약이 될 수 있다. 그런데 우리는 아픈 자리를 원망이나 후회로 자꾸 움켜쥐고 있다가 쑤시거나 헤집고 있기 때문에 상처가 아물지 못하고 고름이 되어 치유할 수 없는 병으로 만드는 것이 아닐까?

지워야 할 때 지우지 못하고, 보내야 할 때 보내지 못하고, 떠나야 할 때 떠나지 못하고, 침몰할 때까지 방치했던 어리석음을 깨닫는 순간, 마음에도 나무의 숨결이 들리고 꽃의 향기가 스며들기 시작한다. 그때 당신의 모습은 자연처럼 싱그럽게 반짝일 것이다.